鲜红与淡绿

孔子易 著

中国大百科全书出版社　知识出版社

图书在版编目（CIP）数据

鲜红与淡绿 ／ 孔子易著 ． —— 北京：知识出版社，
2022.1
（致青春·中国青少年成长书系）
ISBN 978-7-5215-0457-6

Ⅰ．①鲜⋯ Ⅱ．①孔⋯ Ⅲ．①长篇小说—中国—当代
Ⅳ．① I247.5

中国版本图书馆 CIP 数据核字（2021）第 209303 号

鲜红与淡绿　　孔子易　著

出 版 人	姜钦云	
图书统筹	朱金叶	
责任编辑	任　君	
责任印制	吴永星	
美术编辑	侯童童	
出版发行	知识出版社	
地　　址	北京市西城区阜成门北大街 17 号	
邮　　编	100037	
网　　址	http://www.ecph.com.cn	
电　　话	010-88390659	
印　　刷	三河市人民印务有限公司	
开　　本	660 毫米 ×930 毫米　1/16	
字　　数	135 千字	
印　　张	12.25	
版　　次	2022 年 1 月第 1 版	
印　　次	2025 年 1 月第 2 次印刷	
书　　号	ISBN 978-7-5215-0457-6	
定　　价	42.00 元	

青春文学的崭新地标

郁龙余

　　孔雀东南飞，成了几十年来的时尚。为何？因为东南有地气。《周礼·考工记》说："天有时，地有气，材有美，工有巧，合此四者，然后可以为良。"当代的中国青少年，特别是广东深圳的青少年是幸运的。他们得新中国建立以来的最佳天时，又得东南地气，美材盈目，只待天工巧夺。

　　江山代有才人出。令人欣喜的是，继"孔雀东南飞"的第一代之后，第二代、第三代正在茁壮成长。这种情况，在青春文学创作领域表现得尤为突出。郁秀在16岁时创作的长篇小说《花季·雨季》，被时任深圳市委宣传部长的邵汉青教授喻为"九十年代的青春之歌"，于1996年出版之后，红遍大江南北，连续四年荣登全国畅销书排行榜，高票入选"中国三十年300本书""深圳四十年40本书"。先后有电影、电视剧、连环画、卡通画、全国小说连播、盲文版等多种表现形式，小说和电影等文学形式获奖无数。更加可喜的是，青少年以阅读《花季·雨季》为时尚，许多人都说"我是读《花季·雨季》长大的"。《花季·雨季》的写作、阅读竟然成了一种现象。

现象的生命力在于传承。郁秀之后，中国特别是广东深圳，涌现出大批青春文学的爱好者、创作者。《鲜红与淡绿》的作者孔子易，在父母和老师的熏陶下，读小学时就出了名，写了许多儿歌、童话、散文，2020年被评为"深圳市校园十佳文学少年"。她创作的《鲜红与淡绿》和《花季·雨季》有着一定的关系。近日她在给我的信中写道："最开始写这本小说时，我也常常拿起郁秀老师的《花季·雨季》来看，很想琢磨出来《花季·雨季》是怎么一点点铺开的。当然，到最后我也没有想出什么所以然。但这本书确实激发了我的许多创作灵感和框架上的构想。如果有机会的话，也请向郁秀老师转达我的感谢。"读了《鲜红与淡绿》，我还有一个深刻感觉，和《花季·雨季》一样，这本书也是"我手写我心"。青春文学之妙，就在这"我手写我心"。

青少年对成熟既充满向往和追求，又惧怕韶光易逝，于是就充满不解、懵懂和苦恼。就像满树的果子，有的半青半红，有的青里透红，既期待红熟，又不舍脱离果树，走在由青涩迈向成熟的"青红之路"上。在成长过程中，随着文化知识的积累，少男少女的身心自然会产生微妙变化。这"微妙变化"就是"材有美"，也是青春文学的活水源泉。这种"微妙变化"不足为外人道，只为青少年独家拥有。而青少年中只有"工有巧"的人才能将其表达出来。郁秀、孔子易就是其中"工有巧"并"合其四者"的代表，同时这也是他们成功的秘诀。

中国当代著名学者杨义先生一直有个梦想——重绘中国文学地

图。这种重绘，既是学者的学术责任，也是写作者的实践担当。孔子易的小说《鲜红与淡绿》，是当代中学生成长的心灵图卷，是中国青春文学地图上的崭新地标。

2021 年 5 月 26 日

（郁龙余，教授，国际著名印度学家。曾任深圳大学中文系主任，现任深圳大学印度研究中心主任，中国外国文学学会印度文学研究分会会长，北京大学东方文学研究中心学术委员、研究员等。）

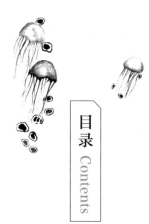

目录 Contents

楔子

　　霏霏紧紧凝视着机翼，见它伸出的一小截扰流板在风里颤抖着。她看见远处的田地里架起桥，淡白色的桥上洒着一片光，正是在那样温柔的光里，流过几辆慢慢的车，越来越远……她把头靠在厚厚的玻璃窗上，在窗面一道又一道的磨痕上，她看见了自己的影子。她想起顾城的一首诗：

　　　　天是灰色的
　　　　路是灰色的
　　　　楼是灰色的
　　　　雨是灰色的
　　　　在一片死灰中
　　　　走过两个孩子
　　　　一个鲜红
　　　　一个淡绿

　　她会是那个鲜红的孩子吗？一种说不出来的复杂心绪在她的心底涌动，她觉得自己正在飞过一片灰蒙蒙的云。她闭上双眼，一帧帧画面毫无关联地浮现出来，大多数都从一个小细节开始。正是一年前那个不算凉爽的秋天，在台风"山竹"的欢送下，她一个人离开了深圳前往欧洲读书。

她想起寄宿家庭里对她很不友善的那只狗在街上装得有多么乖；想起在废弃的停车场，自己唯一的朋友递来的烟卷，以及后来她们差点烧着了身后一辆卖墨西哥卷的面包车；想起政府部门那一张张永远无辜又无知的脸，不留情面地拿法律条文轰她的样子。在那些机械的脸面前，她什么都没听懂，只有满满的憎恨与恶心。当她一个人站在站台上，近乎是瘫倒在那张冰凉的木凳上时，她抬头看见天暗了，马路对面的超市打烊了，那是一家子中国人开的，据说他们还包办租房、租车、上学、相亲……不过她不打算寻求帮助。次票超时了，她想但是不敢逃票，只好走到自动贩票机前，听着金属撞击和打印机的声音，心疼着自己多花的八法郎，她总是忘按儿童半价键。

不过生活也不全坏，至少学校每周四还会做烤牛肉、煮豌豆和土豆泥。那个胖胖的食堂阿姨每次都愿意多给她来一勺酱汁，还会提醒她今天有草莓味的酸奶拌麦片作为饭后甜点。至少在放学后可以踩着满地金黄色的落叶爬小镇的后山，漫无目的地把自己完全掩埋在高耸的树林里，观察雨后的蜗牛在年轮上一圈一圈地爬，抚平风卷起羽绒服的一角，她觉得自己过得一点也不贫瘠。她见到了人生十六年来的第一场雪，落在粉色的伞尖上，落在她的鼻尖上，她像个小孩子一样抬头去吃，结果什么都没尝到。后来，她执着地去学滑雪，不报班，硬是东施效颦地学会了刹车、拐弯、变速……在一个昏天黑地的大雪天里，她身上背着十几斤重的雪板雪鞋，不顾一切地追着最后一趟开出大山的大巴车跑。那是她活得离电影镜头最近的一次，孤独、顽强又自由。

现在看来，她觉得自己做了一件绝妙正确的事。

飞机下降的过程并不轻松，总有一股股气流，吹得机翼上的薄板忽升忽落。耳机里，海浪卷着风扫过吉他的弦，一支缠绵悱恻的女声拖着悠悠的尾音，讲着自己昨晚破碎的梦。盖的毛毯有些热了，手心里微微出了汗，她不舒服地活动着自己坐僵硬了的四肢，伸了一个不怎么舒展的懒腰，试图让自己自然一些。邻座的人睡得很香，前排的小孩哭着要一颗薄荷糖，一个戴着遮阳帽和金丝边墨镜的女人依偎在她先生的怀里，机舱里没有人像她这样专注地期待着。

二十米……十米……三……二……嗯……现在。

机舱广播里的女声准确地播报着"Welcome to Shenzhen. The ground temperature is 28 degree. Thank you for choosing the Swiss Airline…"，天气预报说深圳今天会下绵绵的雨，可是眼前晴空万里，一碧苍穹。飞机在停机坪上一直，一直滑行着，恍若一只迷路的小鸟。

小孩嘴里的薄荷糖吃完了，兴奋地闹着喊着："妈妈妈妈，我们回到大深圳啦，还是大深圳好啊。"戴墨镜的女人对着她先生的手机屏幕检查发型，也不忘歪过头冲着身旁的人乖乖地笑，他们看上去应该是来深圳蜜月旅行的新婚夫妇。邻座的外国友人终于醒来了，不顾自己入境的表还没填好，就跟霏霏这个本地人攀谈起来。窗痕湿湿的，霏霏转过身来，慌乱地擦过自己脸颊上的泪，眼睛弯弯，笑着回答邻座憨憨的国际友人，觉得嘴角咸咸的，心里却像是放了一把跳跳糖，蹦啊蹦啊蹦……

令一走出考场，不敢相信中考竟然就这样结束了。还是在自己熟悉的教室里考试，还是那些面无表情的监考老师，中考有什么不同呢？她为自己前一天晚上的失眠感到不值。同一考场的人，有的在走廊上狂奔，一下子撞在栏杆上；有的一出考场就开始对数学压轴题的答案，她被迫知道了有道题几乎所有人都选B，看样子是自己做错了。不过她不乐意去想，她觉得自己就是对的。

每一场考完几乎都会碰到一群内向不爱说话的人，他们自顾自地收拾书包，扔掉书包里的书，打电话回家……令一第一次加入了他们的队伍，她没有什么可宣泄的，只是在那一刹那间心里空了一块。这样的感觉持续了很长一段时间，她像是彻底失去了一半的肩膀，怎么也挺直不了腰杆。

她走出那熟悉的校门，真的就这样结束了吗？她为之奋斗了整整三年的考试，没有带给她一种庄严落幕的成就感，她就这样完成了吗？

考场里考的卷子似乎在交卷的那一刹那，全都散了，连同着她的魂魄一起，残碎地封装起来，锁进了那个封印起来的档案袋里，而她再也，再也见不到它们了。

人们就像对待一场月考一样懒散地走出教室拿起书包，拍了拍书包上的地板灰，零零散散地走出了校门。他们挤过围堵在门外的家长，径直走向学校对面的小摊，买上一串烤鸡柳，用纸巾擦着油乎乎的塑料桌。他们打算吃完这油腻的小吃，再点一碗混着辣酱的乌冬面，就再也不来这家拥挤的小店了，就是跟老板混得再熟，也再也不来了。他们或许会回家睡一觉，或许会疯狂地玩一整夜手机，或许也像她一样，被抽走了魂，坐在一根冰凉的石柱上，看着眼前似乎能触及又不可触及的东西。

"为什么这个世界还在转呢？为什么每天的车都这样压过一道又一道白色的斑马线呢？为什么每天肯德基都有那么多人排着长长的队，他们知道我在这样的角落里，透过这样裸露的窗户看着他们吗？"令一止不住这样想着，"原来，原来每天夕阳时分，对面那些写字楼都只剩下那几个积木一般平整又尖锐的简影，它们叠在一起，可真是丑陋。"令一想着。

凌晨一点时，令一好不容易有一丝困意，她取消了挂在那里整整三年每天定时的闹钟，想昏昏沉沉地睡到天荒地老。

五点半，天微微亮时，一阵翻腾，她从床上怨恨地爬起来，抓起手机，看到朋友圈里全是这个点被生物钟叫醒的朋友们，看着他们骂骂咧咧的样子，不由得笑了笑。

早晨，妈妈问起今年的中考作文写的怎么样。这一年中考的作文题目是：我和深圳的____故事。令一记得自己好像填了一个形容词，却想不起来到底是什么了。

她与深圳的故事，好像讲得太简单了。在考场上构思的时候，她才意识到：一个从小在深圳长大的孩子，从不会留意到这座城市的变化，他们觉得理所应当。

还是零几年的时候，南头检查站被拆了，再也不分关内关外了。因为有房地产泡沫，所以一两千万一套一百平米的房子也不算稀奇事，她隐约记得自己的同学里总会有几个家境优越，家产上亿，但他们没什么不同，还是一样上学，写作业，他们的爸爸也会西装革履地打着领带来听家长会，听到批评自己孩子的话时不好意思地朝老师尴尬地笑一笑，再承受着大家回头看来的目光。有时他们还要蹩脚地揪着西装的裤子，怎样都不舒服地坐在孩子凌乱的座位上，又忍不住蹩脚地开始给孩子整理书和笔袋，在一众热聊着的妈妈里显得很不自然。而他们的孩子此时正在篮球场上进行分队比赛。

这么一想，其实谁都过着平凡的生活啊！

后来深圳蓝白色相间的校服进了大英博物馆，成了热门青春影视剧里必用的校服。有时候去其他城市旅行，她会很喜欢跟朋友显摆："你知道为什么对面那个穿黑裤子白 T 恤的女孩是深圳人吗？"看着他们疑惑的表情，心里总会油然生出一种"高处不胜寒"的骄傲。

网上流传着一种说法，说深圳是"文化的沙漠，美食的荒城"，这儿没有自然山水，没有名胜古迹，海景也比不上海南、马尔代夫……除了深圳人自认为是特产的南澳海鲜、窑鸡、山水豆腐花等，深圳实在找不出什么本土特产。倒是因为挨着香港，吸引了不少游客。在短短的几年里，便诞生了罗湖口岸、福田口岸、深圳湾口岸等等，可是多少个口岸都不够深圳人往香港跑的。如果去问，每个小孩对香港的印象肯定都不一样，但他们一定异口同声地告诉你：去香港就是去玩，去买东西，去收集港币。因为那里有太平山，有维多利亚港，有湿地公园和大家乐，有海洋馆，有香港大学……小时候，令一很羡慕那一批每天往返深圳香港上学的孩子们，早早地就坐上了小校巴，中午可以吃妈妈带的便当，放学了可以去科技馆玩。

每天早上，晨光鲜牛奶有一批准时准点的送奶小哥，他们骑着车，玻璃瓶在黄色的筐里逛来逛去，撞得铛铛响。可是有一段时间，愣是被香港的维记取而代之了。不止如此，香港过来的东西取代了深圳很多本土产品，不过人们也不在意，觉得都是一家亲，用什么都行。

大孩子们说，他们看着上海宾馆、安徽大厦、湖北大厦一栋栋建起来；看着小学语文课本封面上放风筝的小女孩不穿白裙子了，她打上了红领巾；看着中学生小明的数学越学越好，成为了老师最爱的学生，而高中生李华还是太过于执着，闲来无事怎么还在写高考英语作文。大孩子们最大的疑惑莫过于："怎么这么多年过去了，我们还是不会讲广东话，我们还是不会唱标准的粤语歌。"

而小孩子们的回忆就更多了，放学路上的小卖铺里，小布丁冰棍从五毛一根涨到了一块五。路边树上结了许多荔枝、芒果和凤凰花，一个单元楼的小孩天天聚在天井下头玩悠悠球。塘朗山下的龙珠医院，它会给每个来打针的小孩垫一块小木板，还会让他们输液的时候看很多集的《猫和老鼠》。令一之前很喜欢自己生病，这样就可以去医院打针，做皮试的姐姐会在她的手上绑一根凉凉的带子，给她擦凉凉的碘伏，还可以攒一沓小木板。输液时她可以在墨绿色的皮沙发上跳来跳去，可以在药房门口看很酷的医师熟练地抓药，还可以独占小卖部一整罐甜甜的桃罐头，以及收获肯德基的土豆泥和鲜蔬汤。但她不喜欢儿童医院，那里二楼的儿童乐园永远挤满了小孩，她爸妈怕那些小孩携带细菌病毒，总是不让她去玩。这时他们会去医院门口买一个迪斯尼公主的氢气球，让她拴在手腕上，不过总是因为顽皮，气球在不注意的时候就飞到了圆房顶上。

春天里，学校会组织去青青世界春游，车上的导游总会被起哄唱歌。夏日里酷暑难耐，最好玩的莫过于玛雅水公园的水滑梯和人造海浪，水性好的孩子总是可以给自己找到乐子。莲花山山顶的邓小平爷爷塑像一定出现在每个深圳孩子的童年里，他见证了秋天里曾经的那一批在大草坪上怎么都放不起来风筝的孩子们，在加入共青团的庄严仪式上宣誓，成为一个个令人骄傲的青年人。秋冬之时，虽然天气并没有转凉，但并不妨碍热爱生活的深圳人去泡温泉。开几个小时的车自驾到清远、惠州、龙门……花几千块定一栋山顶的小别墅，犒劳一下辛苦了一年的家人。聪慧能干的深圳人，在四季并不分明的深圳过得独有自己的一番滋味。

不过这些琐碎的故事，怎么也不可能写到中考作文里。她翻出了一个精致的新本子，开始构思一个不一样的深圳。

因自信受伤，特长生考试被紧急暂停，所有考生几乎是愣在了原地，老师匆忙地跑出去打电话，她父母没有一个人接。自信告诉他们，自己有一个还在上小学的弟弟，她完全可以自己去医院。吵闹焦虑的声音使自信烦躁起来，她们不停地在逼问她的父母在哪里，有没有其他监护人来护送她去医院，她的医保卡放在哪里……

"你一个人真的可以吗？你自己能行吗？你一个人小心一点……"

那些女人们聒噪的声音让她越来越烦躁了，她想破口大骂这些人，没打算带她去医院还假惺惺地关心。她一个人有什么关系呢？又需要大人负什么责呢？跳舞受伤是多么常见的事，既然选择了这条路，便要自己承担后果啊。她至少看起来，比其他人想象的淡定多了，她掐着自己的虎口缓解膝盖上剧烈的刺痛，告诉自己："我是舞蹈生，我比普通人能忍多了。"

等了很久，120 救护车才开到校门口。然后她在一片茫然之中坐在了医院的病床上，她什么也想不了。

"你父母呢？让他们去取药，你就别去了。"医生是一个头发不多了的大叔，他带着口罩说话时，只能看见眼角的褶皱拧巴起来。

"他们在工作，赶不过来。我坐个轮椅就能去取。"

医生说她的情况很严重，问是不是之前就有伤？她说是，但她实在是记不清都是些什么伤了，说下次复查的时候再把病历本带过来。医生又说让她好好想想，至少膝盖附近做过什么手术。她心里很清楚，可她一直是一脸无所谓的样子，无论问她什么，她都有一搭没一搭地回答着。医生不知道为什么一个十几岁的小孩就落下一身的病，还满不在乎地觉得这是常态。他还是执意要打电话通知她的父母，也许要做手术，也许只是要嘱咐一顿，可是她的父母没有一人接电话。

自信躺在医院的床上，她觉得医生大叔怎么话这么多，他看不出来她都要疼得呲牙咧嘴了吗？怎么以前去医院，医生们都那么善解人意地冷漠呢？蓝色屏风后面是忙碌的医生在治疗下一位病人，在紧逼着的压抑中，有正骨的惨叫，小孩子的哭闹，炙热的空气，医院难闻的气味。跳舞的汗粘在身上，头发散成一团糟……她揉了揉眼睛，疲惫地看着那块包着伤口的纱布，想象着底下那不堪又"泥泞"的伤口，试图回忆整件事情的全貌。

"基本功考察完毕，下面是 15 号选手个人剧目的部分，请 16 号选手准备。"场下的老师放下手里的小蜜蜂。大礼堂的空调开得很凉，候场准备的时候冷风直吹着她的脖颈。

特长生的考试比她预想中的规模更大，接二连三地来了四五十个人，真不愧是深圳最好的学校。

在准备的时候，自信已经见识过她们的基本功，她像一个老师一样默默审视她们："嗯，腿的软度都还可以，不过有几个人控制力不好，不能控腿可以直接 pass 了。大部分人都是童子功，肩和腰都软得跟没骨头一样，自己在肩和背的控制上并没有那么突出，希望在爆发力上可以胜过她们。观察一圈下来，确实有几个强劲的对手，其中包括当年与自己一起学毯子功技巧课的几位，基本功不相上下。"

不过自信对自己充满信心，她的形象就是为舞蹈而生的，她对着镜子整理自己细碎的刘海，最后压了压脚背，将四肢向最远的地方划过延伸，一直到指尖。她非常自信地抬头，脑海里已经回放了许多遍剧目的动作，对这一套动作，早已形成肌肉记忆，她坚信自己不会跳错的。

"这是上台前，上台前所有的准备工作都做好了啊……"自信回忆着，"怎么会……"

大多数考生选择了民族舞，其中有一个脸上带着酒窝的女孩子梳着长辫子，新疆舞跳得神采奕奕，快乐的气氛渲染了全场，她看出来老师很满意。而跳古典舞的女孩子不多，毕竟古典舞的细节、力度与身韵都相当难把控，特别是跳转翻的各种技巧更是难上加难，一出手便知道功底。可她是自信，她想她站在那里勾勒出躯干的肌肉线条就应该是一种流畅的美，像一只正在饮水的火烈鸟一样。

她在恍惚中跳完了那支舞，她不知道自己完成了什么，她在起跳时已经意识到问题，只能靠本能的反应改变了一下落地的姿势。一大盏白灯直晃晃地朝着她打来，不断升温的热度灼烧在她的脸上，她不敢低头。

"膝盖没事吧？"台下拿麦克风的老师问她，"我们几个老师想让你加试一段蒙古舞，你可以先去旁边休息一会儿，最后再叫你吧。"

"没事老师，我现在就可以跳。"自信知道，如果自己现在不跳，一会儿可能疼得站都站不起来，时间越久，她越想放弃。实际上，现在她已经控制不住自己腿部的颤抖了。那一支蒙古舞，是她跳的最糟糕的一次，她试图用肩部和背部的律动来表现驰骋草原的狂野和松弛，但几乎无法移动自己的下肢。评委老师肯定看出来了。

果然，她刚跳了三个八拍，下面的老师就喊停要送她去医院。可她拒绝别人的搀扶，靠着那条没坏的腿，一步一步地往台边蹭着，每挪一小步，她都觉得膝盖像碎掉了一样扎着肉，她甚至听到了自己骨骼摩擦的声音。后来，她无法自控地瘫倒在台阶上。

……

为什么？也许对别人来说很难，可是对自信而言，那是一个并不难控制的腾空翻跃的动作，比蛮子的动作难一点而已，她在练习时成功了千百遍不止。

是水的问题吧。她忽然意识到，是因为突然换到了木地板的大礼堂，自己的舞鞋忘记了踩水，鞋底因为磨损所以才会在起跳的时候滑了一下，力度不够，导致膝盖落地吧。

她会因为自己的伤失去特长生资格吗？肯定没戏了啊，谁会招一个伤员呢？

她想起自己最初是为了跟那个学习很好的男孩子考进同一所学校，才会在初二时改当艺术生，努力报考这所学校的舞蹈特长生。后来，她渐渐喜欢上了为了一个目标拼搏的感觉，每天清晨第一个去到舞蹈室，她都充满了热爱与激情，她发自内心地渴望愿望成真。

自信突然觉得肚子很饿，饿得她开始打嗝，医院扑鼻的味道让她很反胃。她很想喝水，渴得嗓子撕裂发哑，却没有能力拿到在不远的桌子上放着的包，她动了动自己的膝盖，剧烈的刺痛狠狠地扎住她，她深深地喘气，丝毫动弹不得。

她像是掉入了一个巨大的洞，中考结束了，特长生考试也结束了，她刚刚起程的未来，她刚刚找到的热爱，一切的一切，随着肉体的疼，一起掉进了那个巨大巨大的洞。她很想哭，可就像有什么东西故意擎在她的眼眶里一样，眼泪卡住了，她的心里被堵得涩涩的。

第一章

霏霏回来了，回到一个集体里，却倍感疏离。

这一次，军训又赶上下雨，训练场上"头可断，血可流，队不能丢"的大标语在雨雾里变得模糊不清了，乌云压下一片灰蒙蒙的心。女生们几乎在宿舍里度过整整七天，分不清清晨与傍晚。这样的疏离感，使霏霏成为汉堡里被夹的那层西红柿，奶油酱抹在上头，沙茶酱也挤在里头，她自己又酸又涩。

隔壁床那个外号叫"自信"的正满脸幸福地跟男朋友打电话，她的男朋友在另一个军训基地被教官剃了头，只见她既幸灾乐祸又撒娇着说下次见面要摸一摸他的光头。

她的话一个宿舍的人全听到了，其中一个双眉一皱，一脸鄙视地盯着她发哆，爬上她的床，对着口型逼她挂电话，说："再不挂电话，你今晚睡阳台。"

于是那头急匆匆地道过晚安，这头就开始阴阳怪气地模仿她："就算是光头我也会喜欢你的啦……"，见着自信马上要害羞地躲进枕头里，这位话头一转："什么？就凭你也想我陪你剃光头？呵呵，姐的头发你也妄想，及时止损，下一位更好……哈哈哈别戳我肚子……那个对床的那个谁你不能见死不救啊……"

就这样，她们在床上互相戳来戳去地闹啊，震得霏霏的床架摇摇晃晃。

不过这么一闹，整个大宿舍倒是热闹起来，一点点聚拢成几支小团体。霏霏挺无奈的，她再怎样也无法像那些女生一样在几局真心话大冒险之后就像扒衣服一般谈起露骨的话题，也无法像那些男生一样打打闹闹间就抹去隔阂。但是，谁都不应该怀疑任何一个女孩子挖掘信息的能力，这句话说得不无道理。从幼儿园第一个牵手的小男生是谁主动，到书包上挂过的偶像追了多久，再到初三时与成都火锅小哥跨越一千七百公里的大胆网恋，几轮拷问下来，禁不住一轮轮质问的女孩子们都败下阵来，乖乖坦白。遇到一些敏感话题时，女生宿舍的气氛会突然微妙起来，在一片安静的压抑之中，好像有矛盾要突然爆发。这时，那个负责转移话题的人就会站出来。

霏霏并非不爱听这些八卦，只是从小到大，她一直是那个默默观察，装睡偷听，在被子里憋着笑的人。

在这些陌生的面孔中，有一群人格外热衷于画教官。她们把早上和中午碰到的教官都画出来：鼻子歪得仿佛可以开出一条山道，眉头皱成了一座有沟壑的山，大嘴巴画成瘦长的菱形，头重脚轻……她们乐此不疲，把总教官、二楼查房的女教官、黑胖教官、白杨教官，还有六班那个歪鼻子教官都画了很多遍。

平时那些看起来不怎么爱讲话的女生，一出来就"放飞自我"了。之后的几天里，她们白天偷偷讲，晚上聊着聊着就睡着了，醒了以后再接着聊。说的内容无非是男生、偶像、小八卦等。她们尖酸刻薄地给班里那些长得"歪瓜裂枣"的男生起外号，比如"冬瓜长脸""说话结巴的大萝卜嘴""花菀儿眉""月球表面"……这些话被装睡的霏霏听到,心中一片凉意。

这个世界上,有太多的女孩子只有在脸还是肉嘟嘟的三五岁的年纪最可爱,她们长着长着便眼里不再发光,嘴里说着恶毒的话,心里不想着别人的好,贪得无厌,得寸进尺,再漂亮的脸蛋也掩盖不住那令人生厌的样子。

军训几天里,她一个人拿着《苏菲的世界》看了一遍又一遍,或是偷偷掀开床垫看床板上以前的人留下的话。她一度无法融入集体生活中,不习惯每天躁动嘈杂的人群,不习惯男生们迅速称兄道弟,女生间一个个一夜间就形成的亲密的小团体。有些人很爱吹牛显摆,有些人很爱打探别人八卦,有些人说着说着就哭了,有些人很冷漠,每天都在刷题。她属于最后一种。

大家只会跟她聊与学习相关的话题,无趣极了。最初她不愿意承认自己有社交恐惧症,她觉得自己只是不主动,觉得开口跟别人说话又尴尬又刻意。就算说上了几句话,也常常不知道该怎么维持关系,总是因为嘴笨找不到话题。

可在给别人讲题或是讲一本自己喜欢的书时,她绝不是一个嘴笨的人,相反她会越讲越兴奋,恨不得把所有的积蓄都给你灌输一遍。她很慢热,慢热到那些主动找她交朋友的人会失去耐心,在她刚开始与对方交心的时候变得疏远起来,当然,她可以一如既往地享受独处的时光。从小学时夹在各个群体间,到初中时被父母数落不合群,再到这一年在欧洲孤独的旅行,十六年来她身边的人来来去去,走着走着就像打在西红柿汤里的蛋花,各奔东西。

她很疑惑,自己身上的哪一点一直吸引着别人的好奇心呢?为什么总会有人主动来找她,又主动地离开呢?

"大概是我热爱学习的执着和激情吧。"她自嘲道。

女生宿舍的话题除了学习以外，都是一些漂亮玩意儿：不顾与父母争执也一定要去看的偶像演唱会、学长团某位温柔的学长、网淘特别划算的手账本、B站上追的番外、前任浪漫的爱情故事……不过意外的是，她发现这个班级的女生可以分成两个派别：有一派人很open，都是自来熟，她们被分在同一个宿舍里；而另一波人，她们很慢热，很文静，一个宿舍的人坐在一块儿甚至无话可说，相顾无言只能尴尬地笑一笑。

而这些文静的女孩子里，有戒备心很强的人，有易失眠的人，有敏感到睡觉要带耳塞的人，有贤惠顾家的人，也有细心又热心地写着手账的人，还有像沙漠一样看不懂的人。她们很不一样，一点也不让人排斥。后来，她们也开始玩真心话大冒险，不过没有另外一个小团体的话题开放。这些安静的女孩子开始兴奋起来，讲起最喜欢的作家、电影，讲起遇到过的最尴尬的事情，讲起点赞最多的朋友圈，讲起对彼此的初印象，最后，讲起理想型、超能力以及未来的梦。

"二十岁以前，我要去看真正的草原，要一直向北走去，驰骋草原。"这是自信。

"二十岁以前，我要像三毛一样，穿一袭红裙，住进沙漠。"这是霏霏。

"二十岁以前，我要推着一辆板栗车，在街上炒一整天的板栗。"这是令一，大家笑她。"那我换一个吧，二十岁以前，我要学会开车，开一回高速，在濒临超速的时候让监控怎么都抓不到我。"

霏霏起初以为自己接受不了那些吵闹而又浮夸的人，以为那些人也不会接受她身上的刺，可是她们逗得霏霏也跟着哈哈大笑，那种久违的放纵的自由的笑容，让她有一些失神，她觉得，自己终于回到了十六岁该有的样子。

雨停了，训练继续。

这次军训，有一位总教官使她印象很深，他在军营里的位置半高不高，上头有人命令，下头有人不服，常常借着玩笑戳他的痛处。于是他总是玩笑式地调侃自己的心酸。

他常常踹那不好使的音箱，冲着它喊："去死吧"，因为他发的那一通通牢骚和怒火没有一句传了出来，台下的人就像看戏一样看着上面的人暴跳如雷。而好巧不巧，只有冲着音箱喊的那句"去死吧"传了出来，下面的人捧腹大笑。

看着同学们学不会广播操的时候，他又会大叫："你们的智商是怎么考进来的？"

下面的人回他："你呢？你是考去了哪里？"

他感到自己的尊严被践踏了，说："教官本身都是凶的，是血性的，任何时候，都不要跟你的教官开玩笑。"

休息的时候，他又会突然感慨："教官是你人生的过客，未来你们也不会想见到我了，我送走你们这批，第二天又会迎来新的一批，那批走后，又有下一批。铁打的教官，流水的兵啊。"黝黑的皮肤下，看不出他是欣喜还是心酸。

又有同学问教官，当兵有多苦，教官笑着回答军训的程度连当兵的十分之一还不到，"那个时候站军姿几个小时几个小时的站，休息的时候哪给坐下，是蹲在臭水沟旁休息。一个月都洗不了军服，你们还嚷嚷衣服干不了？"

霏霏觉得这样的教官并不讨人厌，至少他活得就是一个真实教官的样子。

回到寝室，她洗漱完毕后想早点睡觉，却因为寝室中的嘈杂而久久无法入睡。熄灯后，女生宿舍里还是吵得像是热锅里冒的泡，咕嘟咕嘟的。声音越来越大，霏霏觉得自己马上就要忍不住骂她们时，宿舍门"哐当"一下被踹开，一个雄浑的声音吼道："谁刚才讲话了？"没有人举手，没有人站起来。

"你们刚才就是有人讲话，绝对的。"还是没人动。"你们不说是吧，好，全体到外面给我蹲着去。"

真睡着的人被懵懵懂懂地叫醒，刚刚吵得最热闹的表现得最委屈，极不情愿地走出寝室。

吼什么吼，霏霏心里窝火，但还是走到教官身旁，说道："教官，我是宿舍长，刚才我没管好她们，我替她们受罚。"

令一这才反应过来，冲过去说："教官，我才是宿舍长，跟她没关系。"

"她俩根本没讲话，是我讲的，我在给她们讲鬼故事，让她们俩进去吧。"自信站出来说。

还没说完，就被教官打断了："吵什么吵，你们仨都给我出来，其他人闭嘴，再吵就全宿舍一起罚。"

自信率先走出去，在教官看不见的地方回头跟另外两个人做着鬼脸。

霏霏突然想到，好像初中军训时的一个晚上，她不记得是周二还是周四，教官决定组织全年级坐在大草坪上看电影，也是在这个地方。

当时霏霏与自己初中时唯一的朋友坐在一起，把头靠在她的肩上。

"你一直都知道自己应该做什么。"那个朋友说。

"哦，是吗？"

"至少在我们眼里是啊。想做的事，拼尽全力，不遗余力地去做。"

"那如果我跟你说，我拼尽全力去应试，只是为了摆脱现在这样拼尽全力追求功利的自己呢？"

那个朋友也许是因为电影开始了没有听到，也许是听到了却不知道该怎么回答。

那部片子讲的是亮剑精神。面对强大的对手，明知不敌，也要毅然亮剑，即使倒下，也要成为一座山，一道岭。当你遇到无法克服的困难时，你也要勇敢地去面对，失败并不可怕，而最可怕的是你连面对的勇气都没有。

电影深深地感动了霏霏，她突然觉得自己好失败，觉得自己什么都不是。黑暗隐瞒住她眼眶中的委屈，她转过头去，朝身旁的朋友哭丧着脸说："我觉得自己活得好累。"可是回答她的，是那个女孩子和旁边人欢闹的笑声。

霏霏张开口想跟那个朋友说些别的，但又想起刚看电影时的画面，心里又想着许多。她纠结于那个人到底能不能理解她，纠结于自己敢不敢告诉别人，纠结于时机对不对等等。

最后，她还是什么都没说，气氛还是不要被打扰的好，她抬起头望向什么也不会告诉她的夜空，在心里默默地叹着气。

"我怎么总是在夜里想东想西呢？"她已经很久很久没有想到初中的生活了。

三个人做了一百个深蹲后，都没了睡意，趴在外面栏杆上聊天。她们真是挺有缘分，做鬼脸的是隔壁床那个打电话的姑娘，外号叫自信，另一位则是爬上自信的床、逼自信挂电话的令一。

"我们要是再被抓了怎么办。"霏霏笑着问。

"那就又哭又闹说我们好委屈啊。"令一用怪调逗得她哈哈大笑。

"要是再被抓，我就站出来举报。刚才那些吵得最凶的人，装什么装，我生平最讨厌这样的人。"

"那我就在此地实现我的二十岁的梦想。"令一说。

"开飞车吗？"霏霏问。

"当然不是，我要在军营里推着我的小车卖板栗。骄傲吧？"

新生总要经历一个从一开始很认真地遵守校纪校规，到很瞧不起地嘲讽学校搞这些形式主义，再到心甘情愿地跟学校一起给下一届学弟学妹洗脑的过程。大家总会感慨，一个年级主任最有威望的时候，莫过于新高一入学时的学校年级大会。

霏霏已经很久没参加过这样的集体大会了。大礼堂的门口左右各站着两个穿红马甲的纪委的人，堪比地铁安检，要求所有人把书包摆在门外，一个一个地检查有没有在兜里揣纸笔。当学生中有人试图蒙混过关时，他们会摆出像包公一样正襟危坐的姿态，表示我不会包庇你们的。后来一个学期过去，霏霏也没分清楚学校的纪委、纪检部和学生会有什么区别，在群众们看来，这些与学校站在一边，与学生们对立的"包公"们简直不可理喻。

年级大会上，年级主任都喜欢拖着长调讲话，一条条强调着学校的校规。讲到早恋的时候，他讲得很细："男女交往密切，这是学校明令禁止的。"显示屏上"密切"二字用大红色粗体标出。

"这个密切包括什么呢？就是过度的交往，包括牵手、拥抱……，"他停顿了一下，"等等类似的过激行为，我就不念了。"所有人都开始哄堂大笑，笑老师讲得真别扭，笑他都把那几个大字打上去了还不敢念，笑学校真是观念老派。

"严肃！端正！后背不许靠座椅，屁股只允许坐三分之二，手不要搭在前面的凳子上。谁被我抓到，你就完蛋了噢，我，我告诉你。"

霏霏看着所有人跟被操控着的机器人一样，一千人齐刷刷地抬头挺直腰板，整个会堂里鸦雀无声，丝毫没有刚才乱哄哄的样子。年级主任不说话的时间越长，气氛越是压抑而严肃，而她自己在不知不觉中也跟着他们一起坐得有板有眼，一种恐惧感油然而生。

会堂里重新回响起台上嘶哑的声音："当然，过度的行为包括但不仅仅是这些，还有在食堂相互喂饭等等……你们别笑，你去问问你们学长学姐，学校有没有抓过，有没有！对于一切男女过度交往，我们是明令禁止的……"

"诶，你们知不知道其实年级主任并不厉害？"自信悄悄地跟霏霏和令一说，"宋学长告诉我的，学校啊有一个四大名助，四大名助的头不是校长，是那个学生处主任，他还有俩下手：一个书记，一个什么领导的我不记得了。每次查仪容仪表，你就看着他们四个并排走过你的窗前，走出一个排山倒海的气势，后头跟着俩年级主任。他们隔着一扇窗，觉得你这个班风气不对，他们就一起走进来。"

"并排走进来？那个门能挤过四个人？这是四根杆儿吧。"令一接了一句。

"你别打岔。然后他们说：'来，所有同学站起来一下，我们查一下仪容仪表。把胳膊都伸起来，把扣子都给我扣上。'然后你就看着所有人齐刷刷地平举胳膊，他们要查你的衣服有没有过裤子上口袋那条线的一半，没过就是不合格，这，就是书记要干的事。其他三个也不是闲着没事，他们美其名曰各司其职，学生处主任是男的，但男女生怪发乱发染发烫发，他全查。你知道更神叨的是什么吗？"自信很神秘地看着摇头的那俩人。

"宋学长的原话是这样的：'他们一眼就能抓出来哪个女孩子嘴巴涂了色，脸上扑了粉。甚至，他们几个大男人已经深知女学生爱涂的口红色号和品牌了。'

"我说这怎么可能？

"他很严肃地反驳我。说曾经啊，有一个女学生试图跟他们狡辩自己这是有颜色的润唇膏，被一眼拆穿她涂的就是哪个牌子多少多少色号的唇釉，当着所有人的面啊，那个女孩子只好乖乖上交书包里的那管口红。上交了之后，他们补了一刀：说你这脸上上了粉怎么跟没上似的？

"你听听这话，就是在说我们花了那么多时间变美，却没效果。这就像令一你刷了一本王后雄，结果成绩还是没霏霏入学时的好，她那是休学了一年的成绩啊。可悲不可悲？"

自信就这样说起了自己的单口相声，讲着自那之后，他们连根拔起地揪出了那个女孩子所在小团体的一大包化妆品。于是，四大名助闯出了自己的天下，使学生那叫一个闻风丧胆啊。

那俩年级主任呢，就负责把学生揪出来以后跟班主任沟通沟通，好好做做工作。他俩应该是打了多年配合了，一个唱白脸一个唱红脸。

"唉，我这三年不好过啊。"自信深深地叹了一口气，她讲话声有点大，周围的人都频频往这边瞟。她压低声音："那感觉就像是斗地主时，对面直接甩你四个2带俩王，你看看这，最大的俩炸我都不稀罕炸你，我出俩王四个2，你气不气？"自信说得手舞足蹈，逗得令一和霏霏使劲憋着笑。

后来，他们班不知道是谁做了一副扑克牌。从3到10依次是他们的科任老师，JQK分别是班主任和正副年级主任，A和2分别是宿管"小辣椒"和"小绿子"，而那四大名助，正好是两两一对凑齐了王炸。一到课间，就听着有人气得跳到凳子上："仨小辣椒仨小绿子飞机了，要不要要不要？"另一人淡定地出："我出一炸四大名助……"空气凝固了。

"我不要，你接着出。"

"没了啊。谁敢接在四大名助后头？"

班里的座位采取的是三人同性同桌，不允许男女生在一排坐着，所以与别的班不同的是，这个班的暗恋都是前后座开始的。霏霏、令一和自信，她们正好坐在一排。

令一有时候挺羡慕她的同桌自信的性格，她总是可以肆无忌惮、毫无遮掩地外露自己的情绪。做数学的时候不会就嘟囔着哭一顿，喝到放了很多椰果的奶茶就兴奋地嗷嗷叫，偶像直播了又乐呵呵地去看帅哥，想跟爸妈吵架的时候就大吼出来，毫不掩饰自己对那些包包口红鞋子的喜欢。她会接受那些情绪，也不被她们所掌控。

她总是有着精致的 schedule，喜欢列很多时间计划表，买厚厚一摞精致漂亮的本子，其中包括很多本 To do List 或者规划本。她喜欢去发现更多漂亮的笔，发现漂亮的贴纸，并专门收集它们来做手帐，"她一定很热爱生活吧，喜欢那种对生活的掌控感。"令一想着。

后来她观察到，自信唯一喜欢的部分就是把写完的这一栏项目打勾。为此，她花了很多时间去写很多小细节的规划，甚至包括记录每天的作业一类，这样她就可以享受到打很多个勾勾的快乐。"或许有这个写下来要做什么的时间，她已经做完这件事了。"霏霏调侃着，但谁也不想改变她什么，自信就是自信。

每次周五回家，她的行李箱沉得都跟搬家似的。这大概是她典型的风格：买最多的辅导书，搬最重的行李，却一本都不看。

做数学题的时候，她写着写着会觉得很委屈，嘴里嘟囔着，眼泪控制不住地就流下来了。

有时候，她也很喜欢拉着令一去医务室，她总会有各种各样的毛病：胸闷、肚子疼、头晕发烧、喘不上来气……校医无微不至的关心使她很喜欢这个学校里有温度的地方。只是令人惋惜的是，一个十几岁的姑娘竟然落下了一身的病根，书包口袋里揣着满满当当的药，走路时药粒在瓶子里跌跌撞撞。

"欸，回去可以搜搜这个微信号码。"自信偷偷摊开手心给令一看。

"这是谁的?"令一吃惊地问,她第一次知道原来热爱看帅哥会到这个程度。

"不知道啊,刚才那个发烧到三十七度九的帅哥给校医报手机号请假的时候说的,你有看到他的眼睛吗?真的很好看很好看啊。"

"那你加上了说什么?说学长你好,你是三十七度九吗?我是三十六度八哦。"

"只有你会这么问。当然要去他朋友圈里逛一圈再找话题啊。"自信得意地说。

"知道了,你这个三十六度八就骗我自己高烧,连去医务室几百米都走不动要人扶的人。"令一甩开她黏人的胳膊,自己径直走去。

"霏霏,不许学,不许学,不许你学了!"自信拽住她的手:"令一,抽她的书。"

霏霏想誓死守着她的书,可是自信拽她拽得太紧了,她好不容易挣脱开,从抽屉里翻出来另一本书,只见令一不知道什么时候早就偷走了她的笔袋。她的左胳膊被自信拽着,右胳膊被令一抱着,本来高高的一摞书荡然无存,桌子上很罕见地光溜溜的,而两位罪魁祸首毫无悔意,正气势汹汹地看着她:"你还学不学,学不学?"

"好好好,我错了,我不学了。中午去吃什么?"

"姐妹们,小卖部啊。"自信回答道,手里松开了霏霏的胳膊,嘴里唱着:"雪糕啊雪糕,奶茶呀奶茶,比不上我的牛肉牛肉牛肉丸。"霏霏被她馋猫的样子逗笑了,拖着长音学化学老师说话:"下课少去小卖部……化学成绩大进步……"

"我跟你们说,虽然才开学一个月,但是我已经把小卖部、食堂全都摸清楚了。"自信对小卖部充满执念,尽管她不爱运动,但不妨碍她在奔向小卖部的路上跑得最快。排队的人特别多时,她已经摸出来结账时哪个阿姨的刷卡速度最快，无论怎么挤也要挤到那条队伍里。

"我建议，你们一个买牛肉粉，一个买麻辣烫，我买意面，我们可以换着吃。小卖部的绿豆沙也不错，要是你们愿意陪我去 A 食堂买芒果西米露就更好了。"

"把你美的，自己去。"令一揪着她书包上的皮卡丘小公仔，自信心疼地让她放手。

"小卖部还有意面？麻辣烫和牛肉粉有什么区别？"霏霏诧异道。

"有啊，意面你应该不爱吃，它那个味道带甜味，我看之前给你的糖你都不要。唉！你们就是学习都学傻了。麻辣烫，并不只是辣，它好吃的是那个粉，特别筋道，吃起来口感极佳。牛肉粉呢，更咸一点，最重要的是，它有那个薄薄的面皮，开水一烫，软软的面皮吃起来，啊，快点走吧您二位老人家……"

泡面盖子一打开，自信就迫不及待地在这碗吃一口，那一碗吃一口，幸福地咂了咂嘴。

令一笑着嫌弃她："霏霏，你看她都多大了，还把牛肉粉的汤溅了一身。"

自信绝不吃亏地回她一句："你低头看看你的白衣服脏成什么样了，还好意思说我。"她又吃了一口粉："我决定，明天，我要带领我们宿舍的两个学习机器人，过一天女孩子真正的生活。"

"令一，借我五块钱，我深圳通不见了。"

"宋坊，你也坐地铁？"令一看到她的前桌快把包掏空了也没找到，"一起吧，去地铁站再给你拿。"

学校建在山上，就一条窄窄的路可以通行。周五放学，校门口接送学生的车总是被堵得动弹不得，要是碰上雨天，车队准能堵到山下的小区门口。令一家住的并不远，坐公交车反而快一些，可她喜欢跟同学们一起散步到山下很远的地铁站，一路上可以调侃自己走得比车还快；可以放手看自己的行李箱跌跌撞撞地下山，然后追着它跑；可以找平时不熟悉的朋友一起谈天说地。

两个人正下楼，宋坊瞥见羽毛球场上有两位学长正在打球，他转过头呆呆地看着令一，像一只想要一块奶酪的小老鼠。

"去打吧，我也去看你们打羽毛球。"令一说着，打电话回家说学校还没有结束，可能要晚一点。宋坊朝着令一笑了笑，行李箱也不管了，书包往她的手里一丢，就跑过去了。

露天的羽毛球场在两栋教学楼中间的平台上，平时，那两位风云人物般的羽毛球学长开打时，三、四、五层的窗台上都趴满了人，从二层往上望去，可以看见一排小脑袋伸出来，楼层之间相互认识的还挥挥手。男生之间开始赌双方谁更厉害，他们为球摩擦空气时狠厉的声音而惊叹。"安泽，泽泽，快出来看羽毛球。"令一注意到宋坊和安泽不知道什么时候变熟了，安泽被好几个男生生拉硬拽出来看球。"安泽，他俩跟你比起来打得怎么样？"安泽看了一会儿，一言不发地回去了。

与安泽孤傲的性格不同，宋坊，是一个在短袖校服里头还穿着黑色紧身衣的男孩，是一个作为体委却因为贪玩被体育老师第一个点名批评的男孩，是一个在第三节晚自习最后的五分钟里要提前收拾好书包蹲在门口，第一个冲回宿舍的男孩。一到课间，他就冲到讲台上跟一群女孩子挤着抢电脑，要放他喜欢的说唱歌手的歌。歌放起来的时候，在所有人鄙视又嫌弃的眼神之下，全班就他一个人依然兴奋地手舞足蹈，嘴里唱着"嘿哟"、"what's up man"……

他似乎跟所有的女孩子都玩得特别好，常常被冠上"妇女之友"的头衔。上女老师的课，他喜欢跟老师搭腔聊天；他喜欢玩前桌的马尾，一圈一圈地转啊转啊，看她气急败坏的样子；又喜欢去调侃同一组那个女孩子是不是喜欢高二一个很帅的学长，问她："要不要我帮你追啊？"看着那个女孩子眼神里期待的目光，他又会欠揍地说："可惜我也不认识。"眼见着那个女孩子要拿起课本砸他，他马上说："逗你的，我认识他朋友，可以帮你要一个微信。"就这样，靠着他在男生女生里的自来熟，他很快在学校里结交了一群朋友。他跟自信，简直是对方的一个复制版，脾气暴，天天惹对方生气，但是气消得也快。

"你知道吗，我初中跟自信是一个学校的，我给你讲讲初中的自信吧。"宋坊说，"这是连续三天，接连着把三个羽毛球送进二楼别人家的空调里的人，运动细胞差成这样不说，她是真的很不喜欢运动，不喜欢出汗。如果这周四要考八百米，那她可能周一才开始练，戴着耳机慢慢吞吞地磨蹭两圈，你走路速度都比她跑得快，边跑边问你，是不是周四就可以有很大进步？我能及格了吗？"

"同理，如果周四要考数学，她会从周一开始写数学，告诉自己一天十五页还是可以做到的吧，毕竟一本参考书上那么多都是例题和讲解。然后到了星期四，她可能连十五页都没写到。欸，不过她跳舞很厉害啊。"

"确实，可能她就是不擅长长跑吧。"她不热爱户外的运动，却不妨碍她对每节体育课的期待，体育课之前的那节课就要开始嗷嗷叫地准备涂防晒霜，"因为防晒一定要提前十五分钟，而我们课间才十分钟。我要去换我自己的衣服了，要穿最舒服的衣服拍照。"

令一想起自信在宿舍时，曾经因为她跟霏霏从来没有认真地看过男生打篮球感到非常诧异，她说："初中的时候，我承包了所有人的衣服、手表、校卡和眼镜。他们上去打球，就把东西全丢给我。你们俩知道最好的观球地点在哪吗？在篮筐下面那个柱子旁边坐着，一是因为这个角度看不到脸，看到大家投球的样子都很帅；二是因为万一有球砸过来，你可以看到一只手把它捞回去，不会砸到你，那一刻真的会疯狂地心动；三是因为这个角度，你可能会看到有男孩子掀衣服擦汗，就可以偷偷观察他的腹肌。欸，你们知道腹肌和胸肌摸起来都很舒服吗？男孩子的肉，质感是很不一样的，肱二头肌也是，啊不能跟你说下去了……"

她简直可以想象到自信说这些的时候，眼里闪闪发光的样子，也许别人看来这有多么俗气，可对自信来说，这是她生活中重要的一部分，只因她是带着热爱的，它们便值得被认真看待。

"喜爱是没有高低贵贱之分的，而我们有什么资格去贬低任何一种对生活的热爱呢？因为觉得她们是俗人？"令一想着。每次看到她风风火火地说"学校有活动 ABCD，啊啊啊我去参加参加"，说完就跑走了的样子，她会跟霏霏一起感慨自信的生活过得真是美好，她是那样直率真诚地面对她喜爱的一切，不像自己，总要遮遮掩掩地避开自己喜欢的东西，害怕被别人知道。

宋坊觉得他打羽毛球打得不好，一点都不过瘾，很快就退出来让两位学长接着打。走到篮球场的时候，宋坊又走不动了："姐，我就打十五分钟的球好不好，就十五分钟。"令一受不了他这样眼巴巴的眼神："去吧，仅此一次。"又拿出了自己的老人机给家里打电话："嗯……还要一会儿才能回去……是……学校还有一些事……"

"我教你打球吧。"宋坊说道。他自己打了一会儿感觉无聊。

"好啊。"令一接过他传来的球，一点一点模仿他的站姿和手的动作，接连进了好几个。她觉得宋坊打球的时候，不说话，顺眼多了。

"姐，你是不是学过？厉害呀……"

"巧合巧合，我真的没打过篮球。"

"啊，那你真的挺厉害的，学得很快……你是不是真的学过……不要骗人……"

那天，学校门口的喇叭声照常，行李箱的轱辘依然要在下山的路上经历很多摧残。高三还没有放学，每一间亮着灯的屋子里孜孜不倦的人不放过每一秒可以抓住的时间，如果有人抬头望向窗外，他们会看见，整片篮球场上只有两个微小的点在移动。球鞋在地板上摩擦，球撞在球筐上，两声叹息，可它没有弹开，绕着球框的边缘调皮地进去了，两个人激动地击掌庆祝，又开始了下一局。

就这样，他们几乎每周都一起打球，然后坐地铁回家，令一给他讲了很多遍时间管理的原则，告诉他在篮球和羽毛球之间，他只能做出一个选择，不可以有那么多奢望。这样的抉择让她想起小时候挑玩具的情形，她妈妈也是这样认真地给她讲道理，而她躺在商场的地上撒泼打滚地就是想要一个男的芭比娃娃。才过去十年，她已经要讲这样相同的话了？

令宋坊吃惊的是，令一与他两个吵闹黏人的妹妹不同。进地铁站过安检时，她不需要男生帮他拎沉重的大皮箱，反过头来等他抄家式翻包找深圳通；会在他脚崴的时候刻意放慢脚步，允许他拽着自己的衣角搀扶着；会帮他拎箱子抱篮球，会质问他为什么非要背一个全是书的包，手里拎一个空的箱子；她就是一个姐姐一样的人物，却不像那些太现实的姐姐，只会给他讲好好读书的大道理。

宋坊说，自己以后要考上海财经，然后出国读体育管理，再回来开一个篮球俱乐部，也可以教小孩子打篮球。

令一说，她以后干什么都行，她觉得自己干哪一行都会干得很好，等有了很多钱以后，她要去很多不同的地方，在每一个去过的国家都开一家自己的民宿，这样无论去哪里旅行都是回家。

宋坊觉得，她可以实现在每个国家都交一个男朋友的心愿，以此更深刻地体会当地的生活。然后，她会在四十岁的时候开始写一本书，一直写到死亡的那天。

他们就这样在傍晚时坐在一张凳子上聊天，尽管自己与对方的世界没有重合，却谁也不否认对方的美好幻想。宋坊和宿舍同学的关系并不好，他说自己考上这所学校已经是奇迹了，高中学业于他而言难度太大，他总是写不完作业，总是被身边的各种声音吸引注意力，会在熄灯后一直学习，凳子拖在地上咣咣响。打球以后，衣服总是很臭，他却总是忘记带换的衣服……

令一笑他这样好傻，他说你再这么说，我就不教你打篮球了。后来，令一才知道，他家庭条件并不是很好，但是他的爸爸为了方便他上学，还是在学校旁边租了一间房子，接送他走读。

他很喜欢炫耀他的两个双胞胎妹妹，口口声声说："哪天我们视频，我给你抓一个来。"有一次，他特别认真地说："希望我的妹妹以后像你一样，我妹妹不能学篮球，不要去学街舞，像你一样去学中国舞吧……像你一样的性格就好了。"

下到站台，他们各自站到相反的方向，对面站台的车门打开，一群人蜂拥而下，宋坊便淹没在了人群里。

而车外的夕阳带着浅浅的粉色，映照着……

第二章

"女生能不能快一点啊，磨磨蹭蹭做什么呢。"游泳课的老师已经不耐烦了，"一节课四十分钟，你们换个衣服二十分钟，还游不游啦？"

令一很庆幸自己跑得快抢到了换衣间，没有像其他人一样慢慢吞吞地扎堆，等她换好衣服出来的时候，更衣室已经挤满了叽叽喳喳的女生，她这时很想喝她的柠檬水。她快喊破嗓子总算绕出了人群，站在镜子前整理泳帽、肩带。身旁的女孩子夸她真是熟练，问她经常游泳吗？她笑了笑，摘下了那个女孩戴反了的泳镜："你看你的新眼镜还没撕膜呢，你怎么就戴上了？"

走出那别扭的更衣室，她还是决定找张凳子慢慢等。青春期的女孩子多少都带着害羞和不自信，从初中开始，很多人连校服短裤都不肯穿了，在深圳那样炙热的夏天里所有人还恋恋不舍那条黑色长裤。更衣室的门帘被掀开，两三个含胸驼背的女孩子推推搡搡，谁也不愿意走在最前面，手不停地往下扯泳衣的裙边。其中一位披着浴巾出来，被教练赶了回去。带着挑剔和审视的目光，她们走到最后一排的队列中间。她们说话声很大，讲着自己的泳衣是周末为了游泳课刻意去挑的，红色太亮丽，粉色太幼稚，白色太挑身材……一眼看过去，真是从小鸭子到白天鹅应有尽有。

令一看了很久，从近到远地扫过去又扫回来，还是看不出大家的腿长得有什么区别，不知道她们在遮掩着什么。她并没有一双肤如凝脂、纤细笔直的腿，也没有完美的头身比，她比南方姑娘的骨架大，也没有她们长得精致。可她一点也不想跟谁交换自己的五官、身材，她依然热爱自己最自然的样子。"肉多的时候抱着自己很舒服，睡在硬板床上的时候胯骨也不会被硌到，趴在桌子上睡觉的时候，你不知道我有多快乐……"她心想着。

总算集合完毕了，学校刻意地区分了男深水、女深水和浅水区，好像上个世纪的"三八线"变成了眼前泳池里的浮漂。

教练喊着："不会游泳的自觉去浅水区。"但谁也没有移动。

教练又喊："好，所有深水区的人下水，我吹哨，每个人游一个来回的五十米，我没吹哨就不能动，游不下来的就自觉点去浅水区。"那几个蹭在队伍后面的女孩子悄悄跑开了。

令一不愿意等那哨子吹了再游，每次她游到对岸时，回头看见那群女孩子慢吞吞地团在一起，也不知道她们游的时候手脚能不能伸展开。

又有一部分人去了浅水区。

人越来越少，令一感到越来越自在。她摘下眼镜，闭上眼睛，静静地浮在水面上，岸上那些叽叽喳喳的声音彻底被隔绝了，她感受着水波在耳廓轻轻浮动的触感，感受它悄悄漫过额头，遮住她的双眼，再恋恋不舍地退去。睁眼时，她看见晴空被白色窗棂分成一块一块的，她浑身放松了下来，一点点沉入水中，享受着这样慢慢下坠的感觉。

妈妈跟她说，她第一次见到大海的时候，刚开始很畏惧它，但当爸爸抱着她走到沙滩边，脚尖触到水的那一刻，她就开始疯狂地活蹦乱跳起来，挣脱开了爸爸的手，蹲下来撩起水花，甩了自己一身，逗得大人们大笑起来。自那以后，她看到海就很疯狂，就像天生会游泳一样，看见水就要往里钻。

　　我每次来到海边的当天下午就会下海，海水很清，人很多，浪很大，常常被打得措手不及。挂着浮漂的绳子很锋利，腿划在上面被浪推着，险些划出了口子，但我甚至有些贪恋那样野蛮的痛觉。

　　我喜欢大海，喜欢无数种颜色的大海，喜欢它蔓延到最远方时，依然魅力无限，喜欢双手在水中艰难地靠近彼此时的阻力，喜欢它可以隐瞒疼痛，包容我的疯癫。

　　我喜欢浪花凶猛地冲击我的后脑勺，仿佛能惊醒一直沉睡的我；我喜欢猛地蹦起踏着波浪尖叫着；我喜欢在她们来临之时躲入水中，或扎进浪里，听任它从我身上翻滚过去，再袭向远方；我喜欢憋着气闷在水里，感受周围水波的流动和人们的叫声。有时起来换气，刚好碰上一个大浪拍在脸上，咸水灌入我的鼻腔，又把我压回水中，我的双脚扑腾着，兴奋地打着水花。旁边人看我这么玩，赶忙拉起我问我会不会游泳，我笑着回答，我水性很好，不用担心。

　　我只是喜欢随波逐流，随心所欲的感觉，我无比享受这样像鱼一样的自由。只要进入水里，我便放松下来了，仿佛这里只有我和水，水带着我走，我只要乖乖地跟着它，它就不会把我置于危险中，不会不管我，不会让我走失，不会让我迷路。

令一想起自己在日记里的这些话，她觉得自己大概是个怪胎，看到水就像疯子一样，浪越大，她越开心。在亲近水的那一刻，她的心灵被彻底洁净了，在那一瞬间，她看见旧的波澜都已随着水浪奔走而去，她的心里一无所有的空荡。

晚上散步的时候，海水开始涨潮，浪花浸湿了她的裤腿。晚上的浪更神秘，丝毫没有疲倦。她站在岸的边缘，海浪一卷就开始跑，沿着海岸和海浪赛跑，人们总是跑不过浪的，但又输得心甘情愿。

她想起泰戈尔在《烧毁记忆》里的一句绝妙的诗："有一个夜晚我烧毁了所有的记忆，从此我的梦就透明了。有一个早晨我扔掉了所有的昨天，从此我的脚步就轻盈了。"

自信也在深水区，她见到自己的室友霏霏，穿着一身黑色镂空露背的泳裙，好像在向救生员申请自由活动，她便一起过去求情。

"你的泳衣好好看。你是唯一一个穿黑色的欸。"自信说。

"谢谢！你游得很好。"霏霏回答她。

"对了，你有看到我们班哪个男孩子身材很好吗？我看了很久，太可惜了都没发现。再怎么着也应该有一个吧。"

"可能你看得不够仔细，你可以游过去看。"

"你看到了？快指给我看。"

霏霏自己也不知道为什么就被她一次一次地拉到水里，贴着冰凉的墙壁，看见她的手在水里艰难地挥来挥去，兴奋的小脚丫扑打出一串串水花，黑边的裙摆在水里肆意地荡漾着。等她们浮上来的时候，又若无其事地说着昨天的作业，上节课没听懂的知识点，物理老师油油的发胶……隔着两层硬邦邦的眼镜，霏霏仿佛可以见到身边的女孩子狡黠的眼神和马上要憋不住的笑容。除了水面上一直在咕嘟咕嘟的泡泡，没有谁注意到水底下的两个人在偷偷做些什么。她的耳边仿佛还在回响着自信的那句："我这是在追求生活中点点滴滴的美好，愉悦身心。一起吗？"

四人间的宿舍没有住满，只有霏霏、令一和自信三个人，于是她们合理地霸占了第四个床位的书桌、柜子和床。她们采取的是让霏霏当有名无实的宿舍长，实则是轮班制度。周一宿舍长开会也轮，每日宿舍长签到也轮，大扫除宿舍长检查也轮，抢洗衣机也轮，宿管抓说话时顶替罪名的人也轮……总之，用这样看起来麻烦又民主的方式，她们减去了不少争执。

学校宿舍的管理制度很严苛，每个宿舍都经常接到莫名其妙的扣分。食品柜和鞋柜长得极其相似以致学生常常搞反，衣柜不可以锁，因为宿管随时来查，椅子贴左侧桌子不能贴右侧，蚊帐的拉链绝对要拉紧且被子要叠成豆腐块，拖鞋要跟椅子脚齐平成一条线，书架上的书要竖着放显得好看，且要按照高矮顺序排放。最重要的是，生活老师觉得没必要的东西，就是强迫你带回家的东西。不过这样的制度熟悉过后，恰恰满足了像霏霏这样强迫症的需求。每天早晨出门前一回头，看着身后无比整洁有条理的位子，好像给这一天的学习生活注入了一股活力。

"女孩子的一天从什么开始呢？从头发开始！要先用这个大梳子，把头发梳顺了，再拿小梳子一根一根梳。"自信说着说着，就去揪令一的头发："你看看你才多大，就长白头发了，你别乱动，我给你揪掉……不是我说你们俩，别以为我看不出来，霏霏简直就是不梳头，用手捋一捋就扎起来了；令一呢，怕自己掉头发，也不怎么梳，你们就没有体会过梳头发的成就感。"

"那你也没体会过每天早上第一个出宿舍大楼，第一个进食堂的成就感啊。"霏霏回答。她和令一非常享受两人一前一后进食堂时的空旷感，六点十分宿舍门一开就下楼，六点十五坐在位子上，六点半吃完开始学习。霏霏每天都吃一盘加芝麻酱的煎饺，令一则固定是一碗八宝粥、一碗馄饨，高兴的时候她就把馄饨换成一小块芝士蛋糕。她们每天跟固定的人在同一时间点坐在固定的座位上吃固定的早餐，"这是在追求一种极致的简约美和自律。"令一补充道。

"说你你还不听，还顶嘴，就是我这么好的脾气才受得了你们两个的罪。"自信说着说着就越觉得这两个女孩子真是无可救药，"算啦，我就勉为其难地帮你们一下吧。"她们三个坐成三角形，开始相互编辫子。

自信有多么在乎她的头发呢？大概比体育课结束以后抢小卖部的雪糕还要重要得多。每次晚自习下课，她都要跑回宿舍抢洗手间，那速度堪比宋坊，铃还没打，她嘴里已经开始念叨着："啊啊啊我要回去洗头，谁都不能拦住我洗头的脚步。"每回宿管老师抓晚自习偷跑的人时，准会抓着一起出现的两个人。

她常常说："中午我就不跟你们去吃饭了，我要洗头。"然后等霏霏令一吃完饭回来，会发现自信还在洗手间里唱歌呢。出来以后，她嗦瑟地翘着手指头说："别想，我这辈子都不会进公共洗手间冲凉。"在令一的多次逼问下，她才回答："因为不能有除了你们两个以外的人听到我的歌声，感动吗？"

"快快快，她们说一会儿宿舍整顿，帮我藏一点东西呗。"自信急匆匆地从厕所冲出来，头发也没擦干。

"你先把头发吹了吧，我们空调开得挺低的。"霏霏说，还把帮自信泡的泡面放在她桌子上。

"没时间了，我刚听到声音，宿管已经到隔壁的隔壁了。"她把大概十五罐高矮不等的瓶子分拣在其他两人空落落的架子上，"借你们的柜子一用，谢谢了。还好学校不查零食。"

"充电宝藏哪里？智能机怎么办？"自信又开始啊啊啊地叫起来。

"充电宝放鞋子里吧，智能机给我，我放兜里然后去其他检查过的宿舍里溜达一圈。"令一说道，抱着一盒泡面掩护着就出去了。

"不行，鞋子肯定被查。你就把充电宝放口袋里躲到厕所去，把水龙头开开，我跟宿管说你在洗头。"霏霏说。

自信刚把厕所门一锁，就听着外面宿管小绿推门而入："三个人齐了没？"这阵仗吓了霏霏一跳，还好自信跟她们科普了学校的四大名助。

"齐了，一号床在洗头，三号床去打水了。"

小绿点点头，身后的人开始搜查，果然连鞋子都查了。一行人刚打算出门，就碰到令一推门回来："啊，老师们好！"

"下次早点去打水，中午不要总吃泡面，对身体不好。"名助们说了她几句，就走了。

"吓死我了，怎么这么多人？查了这么久？"

"是，差点把自信充电宝的电线翻出来，还好这家伙傻，把电线掉床缝里了没找着。"霏霏说。

有了第一次的默契配合，往后三人的工作分工便越来越明确。自信喜欢跟宿管对着干，霏霏呢，不太理会宿管叫她做的事情，而令一则负责像个大人一样八面玲珑地哄着宿管，今天送个橙子，隔天买个维他奶……小绿，也总算是不盯着她们宿舍了。

楼长在夜晚十点三十八分开始在整层楼跑楼，一路喊着熄灯啦熄灯啦。熄灯之后，自信会在阳台踱来踱去，打着她的电话，保准十分钟内她会大叫一声"啊……"，突然冲进来，想起自己还没洗衣服。

有一回，宿管在她的屋子里听到有水声，一个屋子一个屋子地摸到自信这个宿舍，"铛铛铛"地拍门："怎么还不睡啊？影响别人休息了啊。"

过了几分钟，自信估摸着宿管小绿已经走了，她又打开水龙头接着哼歌洗衣服，没想到小绿一直在门外等着："开门，哪号床啊一直洗衣服！说什么都不听，再被我抓到一回就停你的宿。"

她们两个就这样折腾了好几次，小绿忍无可忍："来来来，开门，你接着洗，洗多久我就看着你多久，你不睡我也不睡。"

那天晚上，小绿站在门口，看着自信蹲在那里打肥皂，过水，拧干，找晾衣杆……一遍又一遍，每次以为她终于洗完了，可以结束了的时候，她又不知道从哪里翻出来一件开始洗，过水，加洗衣液，过水，拧干，找晾衣杆……

令一发自内心地敬佩自己的室友自信真是个人才，而另一位——霏霏——时常在宿管不注意时，开着洗手间的大灯学习，她仿佛可以想象到那个高高的女孩子坐在小板凳上，挤在花洒旁的小角落里奋笔疾书的样子。

对令一来说，宿舍生活像新年时爸爸递的烟花棒，细细长长的，燃得很快，这一根很快就熄灭了，他又递来一根，一根接一根，不知不觉中已经烧了一把了。在新年的祝福愿景里，那个蹦蹦跳跳、跑跑停停的小女孩手里挥舞着闪亮的火光，茫茫夜空映衬在她的身后，她的笑容躲在黑夜里，星星点点的火光跳了一支小步舞曲。

令一从没想过原来自己小小的宿舍也可以捕捉到这样相似的感觉。没有修好的水管一滴一滴地把水打在空调板上，远处的工地总算熄了它的大灯，一切闹声停了。整个房间里就她一个人，空调风吹得床单掉出来的一角轻轻飘扬，她的柜门里衣服很乱，桌子上草稿纸凌乱地叠在一起，铺得到处都是，可她觉得它们恰到好处的是她自己喜欢的样子。掀开盖子，泡面的腾腾热气散了出来，竟然在黑夜里也能看到它们卷成一团，相互纠缠，又无规则地蔓延开来。

在那一刻，她觉得自己爱上了自己的高中生活，就像爱上远处的小岛融入海平面的渐近线一样。她噘了一口面，在自己的日记里偷偷写着："我对我的生活有小小心动。我坐在自己小小的书桌前，小灯发出暖色调的光。我在自己的空间里悄悄地记着心里的柔软，一片温柔笼罩着我。"

"作业是模仿《雨巷》做什么？"安泽的同桌宋坊问他。

"写《雨巷》的文言文版本。"安泽抬头特别认真地看着他回答。

"哦哦，文言文啊，要多少字？"

"一面吧，老师没说，但是正常发挥应该差不多写一面就够了。"

"好的好的，谢谢你安泽。"宋坊说完低头就开始写了。

"啊，同学，不是的啊。老师上课说的不是文言文……"令一正巧坐在附近，顺口接了一句。只见安泽抬头带着一点意外地看着她，快速地眨了眨眼，然后一直看着她，等她说话。

令一反应过来："宋坊同学，我记错了，那个老师上课确实是这么说的，不过字数是五十字左右，我也这么写的。"令一胡编着。对面的男孩子没有看着她了，他低头继续写着他的化学练习册。

第二天，全班只有那个被骗的宋坊没交作业，老师笑着调侃现在的年轻人说谎怎么都不带打草稿的，自己布置下来短短三百字的续写，竟然有人拿"这个任务太难为我了"来当借口。

令一瞟向安泽的座位，又看了看他无辜地站起来的同桌宋坊，可安泽像完全没听到一样，依然低头写着自己的东西。

自从那次眨眼的小秘密之后，令一注意到这个男孩子在班里越来越突出，她总是不自觉地想寻找安泽的身影。休息的时候，别的男孩子去打篮球，用班级电脑看电影看得津津有味，说说笑笑地去接水，可他无论什么时候都在学习，永远都在学习。他的作息与别人都不一样，该吃饭的时候他要用别人排队的时间来错峰学习，因此挤压自己吃饭的时间到十分钟以内；该上体育课的时候，他为了逃过体育老师每节课开头漫长的唠叨，于是先躲起来偷学十五分钟；他好像从来都不需要午休，午休时间都在写自己的题，学校的作业只需要用课间或者其他挤出来的时间写，不用另外安排。令一很快跟他的同桌宋坊熟络起来，经常借着去找宋坊玩的机会问他题目。

好像所有老师都很喜欢这个不卑不亢的安泽，所以他就像是一个充钱了的 VIP 用户一样，老师总愿意花时间解决他问的刁钻问题。宋坊说，这是一个四点半到五点半不定时起床的人，任务量多的时候可能没到四点半就爬起来了，任务量少的时候，最晚也是五点半爬起来。闹钟一响，整个人迷迷糊糊猛地坐起来，其他人刚微微睁开眼，他已经爬下床准备洗漱了。大灯一开，凳子一拉，十五分钟内准时开始学习。

"这个家伙，跟他一个宿舍想掐死他。"宋坊吐槽道，"梦正做得美着呢，一首极大声的《好运来》震耳欲聋。你知道那种，每天早上醒来听到的第一句话是'你勤劳生活美，你健康春常在'时的感受吗？不，你不懂。你只会觉得他好刻苦，你不知道我们付出了多少。"

"哈哈哈，那不是很好吗？可以有人带着你学习。"令一笑道。

"好个寂寞。更过分的是，他的闹钟放在下面的桌子上，这意味着要等他先爬起来，叠好被子，再翻下床，才可以结束这魔性的音乐，这可真是'好运带来了喜和爱'。你问我他什么时候不学习，这我就不知道了，毕竟这是一个用最大声的闹钟，把临近三个宿舍都带动起来一起学习的人。啊，为什么我睡个觉这么难！"宋坊大喊道。

令一后来才知道，这是一个从高一开始就写着高考倒计时的人，是一个周末除去睡觉只有三个小时休息时间的人，一个因为咖啡和浓茶喝多了，把杯子都喝染色了的人。选班长的时候，他获得了全班五十四个人里的五十二票，就这样，一个内向的孩子被逼上了一条'为官一任'的漫漫长路。

令一当上班长倒是机缘巧合，宋坊有一天手机没电，联系不上家长，便借了令一的手机，与父母约好在商场见。令一给了他五十块钱，又反复给他指了几次路。等八点时，令一一连接到七个不同家长打的电话，都是询问最后一次见到宋坊是在哪个地方，她试着安抚了他们的焦虑，让他们找找麦当劳或者篮球场等等。后来才知道，原来是宋坊这个路痴找错了商场，愣是去山姆会员店吃麦当劳写作业了。

就是因为令一当初想到要给那五十块钱，没让宋坊饿着，班主任觉得这个孩子挺适合当班长，就被强制任命了。

上任的第一项任务便是组织运动会的开幕式，经历了令人烦躁的诸多事情：有少部分同学坚持要搞特殊，不穿班服，家委不同意不信任班委的决定，觉得知情权不够，几个孩子怎么能做决定，班委在被质疑时没人出头，排练时没人配合……但令一不觉得这些事情会影响到她的情绪，只是琐碎极了，她不喜欢这样。

从小到大，参加了那么多次的运动会，令一早就没有意愿报项目了，她尽可能都推给了其他人。高中的运动会倒是不同，短短三天写了不少"运动会练习卷"，玩了不少无趣的真心话大冒险。令一和宋坊从四楼的教室"千里迢迢"搬了两张桌子来，一搬下来就有六七个男生过来，闹成一团，他们抢占了宋坊的桌子。

令一看着安泽一个人弓着腰很累地写字的样子，给他拿了一瓶饮料，指了指自己的桌子："你要不要坐过去写？"

安泽摆手拒绝了，搬了张凳子走向了宋坊的桌子。宋坊等几个男孩子见安泽走过去，纷纷让出座位。

令一正饶有兴趣地看着那几个男孩子想方设法地干扰安泽学习，时老师这时过来找她叫人去搬水、搬水果。她正回头准备喊那群男生，对面已经喊话回来了："时老师，令一一个人去就行，她刚才自己从教室一手一张桌子搬了这么远过来，现在搬几箱水肯定也没问题。"

她看见安泽悄悄从那个群体里退出来，看着她很腼腆地笑了笑。

时老师走过去揪人，那边又闹成一团。

那个时候，令一和霏霏两人同时放下笔，抬头看着她们像亮眼的红色一般绚烂的青春，她们伴着校园的朝阳起床，充满力量地开始新的一天，课间莽撞地杀上讲台抢占老师答疑的时间，中午拼尽全力地跑到食堂抢饭，一页页奋笔疾书地秒杀作业，再在下午第一节课给打盹的同桌垫上枕头，拿衣服遮住她露出来的一小截后背，活动课"反复横跳"地遛操场，耳机里放着一首悠长的歌，看看夕阳，吹一吹晚间的风。

眼前，班级间拦起来的一道红线被推得东倒西歪，不受控制的人浪卷起一番又一番欢呼，操场上啦啦操、街舞洋溢的热情还没褪去，奔跑的少年开始了身后一圈圈地追逐，终点线的红绳在风中飘飘的，那里站着一个穿着红衣的志愿者，手拿摄像机的女孩子，她在屏幕后悄悄隐藏着自己的害羞，镜头里只追着她暗恋的男孩子的身影，男孩身后一直跟拍的无人机不断拉远镜头，一直照到那个在终点线招手的人影印刻在一片灿烂的橘色中。

令一不愿意告诉父母自己陷入学习的困境中，她只好自己不断想办法解决，挤压更多可以利用的时间，列 1.0、2.0 版本的计划……结果，发现什么都完成不了，她只能把作业写完，这一天就过去了。就像绝大多数高中生都会经历的疑惑一样，她到底应该怎么学？她应该怎样去培养自己对学科的喜欢？是来源于成就感？还是老师？还是学科本身？她试着跟班里的学霸霏霏、安泽那样同步作息，想跟他们成为朋友，找一个人带着自己学习，但学习好的人，身边好像都已经围上了里三层外三层的人，课间里安泽的座位旁总会有四五个人排队等他讲题，大概谁都想跟学霸搞好关系。

紧接着运动会而来的便是期中考试，令一很无奈地考了一个不理想的成绩。她在日记中记着：

> 比起糟糕的成绩，我更惊讶于这个环境里同伴间狭隘的洗脑。霏霏曾经跟我说起周围的人视野窄小时，我当时不以为意。
>
> 可是一次考试过后，我见到那张从第一名排到最后一名的赤裸裸的大榜，见到为了成绩单上那个数字焦虑痛苦的同学，为了几分失误拍桌子跳脚地追悔莫及；见到他们在拿到成绩单的一刻立马揉成一团砸到墙上，害怕又失望地趴在桌子上，在听到周三开家长会时异口同声地倒吸一口气，嘴像被马鞭子抽了一样快速地念叨着："完蛋了完蛋了"。我见到他们在第一次考试之后，就开始一声声叹息自己的高中与考不上的大学，指甲一点点扣着那张纸，眼睛里灰暗暗地仿佛未来已经不幸福。当然，也有在查成绩时很兴奋的，成绩一出就第一时间引领群众蜂拥而上，极力掩饰自己考得好，想炫耀的心思，嘴里念着"我真的是没发挥好，不然不会只有一百三十五的数学，有些可惜了，能进年级前二十的……"他们这样的人，大概是很享受接受别人鄙视又羡慕的反应吧。
>
> 学校的生涯规划课会给我们很大压力，我们碰上了新高考改革，学科选择，专业选择，高考数据，高校咨询……太多不知所措的选择摔在我们面前。不只是我们，也许家长与老师比我们更焦虑。生涯故事会的传单贴满了校园，考试后的大学展上，毕业

了的学长学姐把自己学校的摊位铺满了整个篮球场。

不过，学校倒是很注重维持我们的心理健康，买了各种各样用来释放压力的玩具。据说，考试前后的心理咨询总能排到一个月以后，依然有很多人想去咨询，却碍于心理上的挣扎无法踏进那扇门。

生涯老师很可爱，她朋友圈的封面是她骑着一辆白色的电动车，戴着一顶红色的头盔的照片，她怀里四岁左右的小孩戴着粉色的头盔，脖子上挂着护目镜，她们比着同样的"V"的手势，对着镜头笑起来眼睛都是弯弯的。

各大补习机构，看起来都很厉害，不知道哪家最合适，是跟风选人数最多的吗？我跟着同学去了几家，觉得实在是太压抑了，在哪里都有那么多根本做不出来的题目，补习机构之间是靠难度互相攀比的吗？

许多人像自信一样列着一本本计划，盲目地买着辅导书，一箱又一箱，明明一本都写不完，却总是想着还有周末，还有假期……我们总在努力学习，可依然学不过很多城市的学生，学校也在为尖子生资源的匮乏而操心。

环境中同伴带来的焦虑和紧张，使我很不适应，甚至产生了很大的排斥情绪。可是，我想我经历了那么漫长的青春期，总算努力排除了生活中不断干扰我的因素，总不可能被学习这件事所干扰，我不能也不会退回去。

于是，我看他们在大惊小怪，他们觉得我荒谬至极。

这个世界，是怎么了？

……

可是当我怪罪在这个环境中他们带给我的焦虑时，我才想起，其实自己初三时，也是过着一样的生活吧。

那是一种多么麻木而理性的生活，规规矩矩，准确到秒。每张桌子上堆着满满当当的书，书袋和收纳箱也塞得满满的，我几乎不会为了成绩而感到难过，就算有，也很快可以走出来。不对，不只是不为成绩而难过，我的生活中几乎不存在情绪了，我成为了一个彻彻底底不对生活好奇的人，按部就班地划去我的每一天，如果问这一天与人生中其他的时候有什么不同，我说不出来。

初三的一年里，一个又一个同学因为成绩跌宕起伏崩溃痛哭，压力下模拟考分数越来越差，大家距离目标越来越渺茫。我被老师约谈，不允许继续跳舞了，与舞蹈队里那些互称姐妹们的姑娘都疏远了，很快，我们便再也不说话了。

与我同一个三模考场有一个很内向的女孩子，小小个子的她写一手漂亮的字，她平时虽然话少，但是特别坚强，看起来像是坚韧的竹子一样能屈能伸。

我们并不熟，但那天出了考场，她忽然冲进我的怀里，我摸着她干干的短发，她一遍又一遍地哭着说她有多么焦虑，同时用力地忍住眼泪，又在我一遍遍告诉她没事时眼泪喷薄而出。

当时我在想什么呢？我在想，她心理承受能力可真弱。

她抓着我的胳膊问我为什么，又忽然松开双手，握紧拳头，捶着自己说，是我不好，是我不好，对不起我打扰你了……她死死地挤着眼睛，不让眼泪滴到我的手背上，那时我想拽着她无力的双手，但总归我们都是无力的，她挣脱开来，冲进了洗手间。

这就是为什么自己想起初三来，好像一点感情或是记忆都没有的原因吗？

一点点成为理性的人，也好像一点点压抑了那个感性的自己。

读到这里，令一想起中考前壮行的那一天，班主任曹妈妈回到班里，振奋地对大家说："现在的你们，就是最好的你们，当你交完最后一份考卷时，你会为曾经拼搏过的自己感到骄傲。"

"那一刻，我感到自己心中充满无限力量。"令一想着，"那时的我，怎样也不会意识到自己的麻木吧"。

看着初中每一个教过她的老师一笔一画地在她的衣服上签上他们的名字，白色校服上写满了花花绿绿的祝福，老师们脸上洋溢着鼓励、激动的笑容，笑得耳朵也动了，令一第一次觉得好像做老师也是一件很幸福的事。她走过那条很长很长的红毯，一路上学弟学妹为他们送行打气，那个曾经在国旗下磕磕巴巴演讲的小学妹现在自信地身披绶带，在前面领路。令一看到人群中，有一些熟悉的脸庞喊着她的名字，手里挥舞着为她写的小海报，才意识到自己原来真的已经成了学姐。

走出校园，红毯断了，欢闹声落在身后，涌动的人群使她没办法回头。而刚升上初三的日子仿佛还浮现眼前，她感慨着自己刚毕业就开始怀念过去了。

初三的时候，班里总是很热闹，一团又一团的笑声此起彼伏。当所有注意力都集中在聊天时，谁都没有注意到教室外的脚步声。

老曹穿的高跟鞋与其他老师不同，跟地板碰撞时，嘎嘎作响，特有节奏感，"咔哒，咔哒"，十米开外都能听到。走到距离班级大约两米时，她的脚步会放慢，声音所带来的压迫感却越来越大，同学们欢喜之间，只见一道极具威慑力的目光一下子透过窗户射过来，大家一时间都愣住了。反应快的脚下抹油跑了，回到自己座位安静下来，慢的还在傻傻地看着窗外。

令一望着极速走上讲台的老曹，不禁感慨，一个假期下来，老曹真的一点肉都没长，看起来反而更高挑了。如果说老曹像秋，那她一定是最高傲而又最冷漠的秋。老曹的腰永远是挺得最直的那个，十厘米的高跟鞋，大波浪卷的长发和那修身的长旗袍，典型的二郎腿以及很难察觉的淡妆已成为了她的代名词，这种高傲的气场与优雅的气质，是大家羡慕却又无法模仿的。令一从未见过一个人能把旗袍穿得如此之美，也从没看到过她疲惫不堪的面容，她那带着杀伤力的气质，是无人能比的，谁又能相信她已年过半百了呢？

与小学老师不同的是，老曹布置的作业是绝对的格式化和规律化，讲起课来又十分生动活泼，有理有据，层次分明，神仙似的可以把一个句子分析成一篇有头有尾的文章，都不知道该把她说的哪句记在书上。她讲课远远超出课本，有时她会讲起小时候在东北长大的故事，讲她是全村跑得最快的小孩，讲她所有科目中语文最差才来当了语文老师……有时她会讲到她的人生观，讲到她绝不拖延，今天的事情今天必须完成的态度；有时会不用脏话换着法子骂大家不够上进，不够懂事。

她从不拖泥带水，好像早就计划好每一步了。她会引导大家自己理解文章的多层含义，如林海音的《爸爸的花落了》或鲁迅先生的《雪》。还记得当她说到那句"朔方的雪花在纷飞之后，却永远如粉，如沙，他们决不粘连……在无边的旷野上，在凛冽的天宇下，闪闪地旋转升腾着的是雨的精魂……是的，那是孤独的雪，是死掉的雨，是雨的精魂"时，眼睛中透出亮光，她是多么欣赏朔方的雪，那样坚硬而又孤独，独立而不妥协的姿态，那是一种不屈的精神。"他们绝不粘连……是孤独的雪，是死掉的雨，是雨的精魂……"

"那是一种精神上的震撼。"令一想，她喜欢听老曹抑扬顿挫地朗诵文言文，她喜欢听老曹讲那一代先生们的风骨，语文课就像时空穿梭机，而一节足够精彩的课堂仿佛可以重新刻画那样的山水，轻舟，清泉，田园……她没有办法不被吸引。令一后来发现，从小学到高中，语文老师们似乎都偏爱苏轼，用无尽的夸词来表达自己也有一份旷达潇洒之心。热爱文学的人大都有些自命不凡，他们追求着一种看破红尘，不拘泥于世俗的境界，向往崇高的精神世界。眼前的苟且只能说是过日子，诗与远方才能叫作真正的归途。也许在用文字描绘的世界里，他们的心里真的放飞了一只青鸟，但年复一年枯燥重复的教学，一篇篇漏洞百出的套作，一个个眼里蒙上了灰的孩子，也许每个语文老师试图描绘的辉煌工程都被严格规定的教案挤走了，他们只讲那些文字了，讲写法，讲作家生平……却再也不讲那背后沸腾的热血与赤诚。

"小舟从此逝……"老曹停顿了一下，看着台下那些只顾低着头做笔记的孩子们，"小舟从此逝……江海寄平生……"

"你们要是有时间，就背一下吧。这是苏轼在《临江仙·夜饮东坡醒复醉》里写的：长恨此身非我有，何时忘却营营。夜阑风静縠纹平。

"小舟从此逝……

"江海寄平生……

"小舟……"

她站在讲台上，有一瞬间地恍惚，不过很快，她便接着讲她的文学常识了。

"那时的她，是不是也只是把这句诗记在了积累本上，然后就这样，踩了过去？"令一想着。

当我坐在自己的位子上，看着近乎全班的人都蜂拥到讲台上查自己、查别人的成绩时，我似乎感受到了一股从心底而出的愤怒。

从什么时候起，分数就等于能力？我的梦想就简单地被我要努力的分数所取代？我的成绩就等于一个被完整描述的我？等于我在一个年级里的位置？

我仔细想着的时候，觉得特别恐慌，我的名字竟然被一个数字钉在一个全是人名的板上，于是我就这样消失在人群里，成为默默无闻的一个小透明。

从什么时候起，高考就等于未来就业？选择一个好专业就等于优秀的薪资待遇？选择一座城市不是出于热爱，而是出于那里的就业情况？大学就等于我以后身处的阶级？

我不服从管理就等于一个坏学生？我上台领了三好学生的奖状就证明我是全体学生中的优秀代表？老师喜欢我，我就会拿到一个不错的综合评价分数？就这样非 A 即 B，非黑即白。在一模一样的模版里，我们被刻画成了一模一样的学生。

曾经，我以为现在的审美只是在追求外表的一样，于是没有人再欣赏自己真正的肉体，而是不断追求所谓的脸小长腿细腰大胸，所以大家越长越像，从背后看，哪个都像亲姐妹……可是令我震惊的是，原来现实里，连个体的价值观和自我也已经不断走向一致了。人们是这样解释的：现实一点，走大众的路就是对的路，这是经验之谈。

作为高中生的我们，从什么时候起，活得这么世俗与麻痹？是我们抗争失败，还是我们就这样服从了大流，压根没做过抗争？于是个体的自我还存在吗？

当我回想起我的每一天时，似乎没有任何差别。我回想起我的人生时，又与别人有什么不同呢？令我记忆深刻的点越来越少。我想起我在生涯课上偷看到的别人的人生鱼骨图，他们的未来在大学之后是停滞的，空荡荡的，似乎最多的也就是写：当个老师，结个婚，养一只狗……而过去又是极其简单的，小升初考试落榜，喜欢的兴趣班停掉，中考模拟考失败，中考超常发挥……

我们是学生，是学生。学生，也是人。人是什么呢？

十六七岁的我们，被越来越多的条条框框所禁锢住，"很多东西如果不是怕别人捡去，我们一定会扔掉。"这是王尔德写的一句话。我可真是喜欢他的文字，也喜欢像他一样怪异的人。

我想我早就想扔掉很多很多东西，把它们从我的身上扒下去，拽走，扔到水里，看着它们像泡腾片一样一点点消失得无影无踪。

……

令一翻看着自己的日记，好像有了很不一样的变化。

霏霏曾经问她，为什么每天晚上要花那么多时间来记日记，她说她不知道，好像每天都有很多可记的，她就这样写了。

高中的日记是从军训时的篝火晚会开始记的，当时她站在人群的最后方，她第一次没有站在喧闹的中心，没有跟那些好友一起围着篝火跳舞，没有火星肆意地朝着她扑来，也没有享受躁动的音乐声与尖叫声把她包围……

她只是隔了一段距离，看着那团愈燃愈烈的篝火，那一千人的人群蹦蹦跳跳，爬上了凳子，随着躁动的音乐声而甩着手里拿着的衣服。

就这样，她只是隔了一段距离，却已听不见了远处。

内心的鼓点依旧，她好像，感受到了自己。

当她绕着营地走了一圈又一圈时，她看见班里一个叫安泽的男生也躲在停车场的后面，他抬着头看着夜空，时而用手比划着，时而不自觉地笑了起来……他是那天晚上全班人中唯一一个在看见满天繁星时没有拿出手机来拍照的人。那时，其他人都在叹息中骂骂咧咧，说着这么美的星空，再高像素的相机都拍不出来。可是安泽，安泽从来都只是看着夜空，别人跟他说话，他也只是淡淡地回应着，当他们拍好照返回时，安泽还是那样，抬着头。

"他才是属于夜里，属于夜里的星星的人。"令一看着他，不知道是自己的眼框模糊了，还是安泽站在夜里的静谧，使她的心颤动了。

学校的老师常常很幽默，英语老师上课前，常常从后门进，一句相当响亮的："Are you enjoying your life？"打破了教室里哪怕是课间也依然沉闷的气氛，她总是充满激情地上课，喜欢找各种各样的理由让同学们做演讲，比如上课喝水，不擦黑板，作业写得不合格，呆呆地走神，对着老师眨眼太多次……几乎所有人，都被她那句神出鬼没的"put xxx on the waiting list for a story chance"所震慑，于是安排值日表的时候，没有人愿意做擦黑板的工作，上课前所有人都拼命给自己灌水，作业哪怕要开夜车也不敢抄，因为害怕迟到，课间没有人敢去小卖部……直到，当霏霏指出老师的一个拼写错误，也很荣幸地获得了一次 story chance 时，他们终于承认学生是斗不过老师的。

在开学的第一堂课上，她说："我是马云的学姐，只比他高一届，可我做了老师，他做了全球富翁。马云该多么羡慕我啊，他成了钱的奴隶，而我成为了全球未来精英的领导者。"

大家哄堂大笑，笑着笑着突然愣住了，因为她的目光，早已开始寻觅下一个上台做演讲的小姑娘小伙子，据说，那长长的 waiting list 已经排到了很久很久以后……

教政治的老师也很有意思，讲话慢慢吞吞的。一进门，他便说："学校觉得我不够厉害，只让我带你们一个班。我也觉得我自己不够厉害，所以我就不看书本讲，书本是你们自己要看的，我按照自己的框架跟你们讲有意思的政治。政治是活的，我就不喜欢那些把政治教死了的老师。学校不喜欢我，不愿意让我跟别的老师在一个办公室。所以，我的办公室就在那栋行政楼的学生处主任室，里边就我一个人。刚才被叫到五楼吃了一会儿瓜，耽误了一下。不要觉得跑学生处太远了，一定要来找我问问题啊。"

令一总觉得他面熟，忽然想起来原来他就是那个抓仪容仪表的学生处主任啊，这跟自信描绘的四大名助令人闻风丧胆的场面，差距也太大了。

家长会的时候，他非常诚恳地跟家长们保证："政治提分是很快的，我们这个班，成绩很好，政治这门学科，就放心地交给我吧。"

可上课的时候，他见到那些恨铁不成钢的学生，气急败坏地说："你们要是想进步，要靠自己，别想着在我这棵老树上吊死。"

他越讲越来气，"星期一，是我带你们班的晚自习，结果，没有一个人写政治作业。我就坐在教室后面的一个小角落里，你们就忍心让一个老头那么孤独，我的心里拔凉拔凉的，实在是寂寞啊。

"有一回我学生处那边有事，迟到了半小时，结果那节自习课，没有人注意到我迟到了。我才发现我去不去都没有区别。

"我知道你们想见漂亮老师，不想见我这个老头子。可你们至少拿一道题来试试我这个老头，试试我这个脑子还转不转啊。"

台下被逗得稀里哗啦，政治老师自己也觉得班里的气氛挺活跃，好像学习状态不错。可是又来到了星期一的晚自习，他发现就算他大张旗鼓地在教室里晃来晃去，走来走去，依然没有一个同学在做政治作业，他依然坐在他的小板凳上，等待着一个来问问题的人。

"我们为什么要学陶渊明？是学他避世的态度吗？是鼓励你们学他放弃官场而下乡体会务农的辛勤吗？"时老师问。

台下一片寂静。

"当然不是,陶渊明是一种什么样的心境呢?'舟遥遥以轻飏,风飘飘而吹衣',我走在这样一条归家归心的路上,我发现自己其实还没有迷路迷得很远啊,我发现今是而昨非啊,我发自肺腑地感叹现在才是我所追求的自由天地啊。于是,我可以畅快地'引壶觞以自酌,眄庭柯以怡颜。倚南窗以寄傲,审容膝之易安'。

　　"如果是你们看到这样的情景,会怎么想?哦,有个老头闲着没事干,好好的公务员不干了,拄着根拐杖在自家门前一小破院子里徘徊晃悠,走到头儿时扶着一棵孤独的松,说哎呀,你看云出来了,鸟也飞回来了,是不是很美好?

　　"你要真见着得被吓坏了,想象一老头,对着一棵老树,自言自语地就是一上午。

　　"陶渊明写《归去来兮辞》,归去,是心性所向,是他十三年大济苍生向外失败后的向内回归。所以叶嘉莹先生说,陶渊明是'本色并非一色,是如日光七彩融为一白',是他在经历心灵上的复杂矛盾,精神上的痛苦之后,才达到的真淳之境界。

　　"南怀瑾在《人生最高的境界》里说:

　　　三千年读史,不外乎功名利禄。
　　　八万里悟道,终究诗酒田园。

　　"这就是魏晋文人的风骨:世俗的纷扰让我疲惫了,于是我向外找到了山水,向内找到了自我。"

　　令一有些出神,她想到在开学的第一节班会课上,时老师讲的三条班规:"一是要用一个月时间养成你想要的任何习惯,二是要学会向内审视,三是不要停止生长。"

　　向内审视……

不要停止生长……

生长，不是从一米三到一米六这三十厘米的距离，也不是从南山区跨越到福田区的二十分钟车程，它更像是一种自然的状态。令一仿佛看见，在一片淡蓝色的悠远里，在一片青绿色的茎与叶的陪衬下，在空气中与湿润的泥土纠缠在一起的气味中，她见到一个穿着鲜红色裙子的小姑娘拉着身边人的手，红色的裙摆在旋转中荡漾着。

她真希望自己早点看到这条班规，可就算见到了，她也会像眼前的这些人一样，看起来正低着头认真地听着，记着笔记，很快便转头就忘了，继续消耗着自己的青春，该迷茫的迷茫，该逍遥的逍遥。大家真的会听进去吗？一个没有经历过停滞阶段的人，会明白不要停止生长的真正含义吗？

不过，这总会成为一个难忘的过程，就像诗歌要用欲扬先抑的手法一样，所有经历过的一切的一切，都会在时间的流逝中变得具有意义，一种不带着主观评判与情绪的意义。

"就算是忘记，像我们一样的小孩，终会在一次次失望地向外寻找之后，学会像那些魏晋文人一样，向内找到自我。"令一在心里想，"只要，可以一直做一个小孩。"

她突然觉得自己心底的某个地方被一只毛茸茸的小爪子触了一下，紧接着鼻尖酸酸的，她低下头，颤抖的睫毛藏在衣角中，浸湿了一弯颤动的水。

那天晚上是家长会，令一一个人坐在图书馆的门口，手里玩着脏兮兮的鞋带，盯着教学楼的楼梯，想着那些家长都是打扮成什么样而来的呢？他们为什么笑得那么开心呢？

过道上站着为家长指路的学生，班级门口小黑板上写着可爱的彩虹色的粉笔字，每一张桌子上都在右上角放着一小瓶水，小卖部今天肯定可以赚很多钱。时老师紧张地理了理他白衬衫的领口，安排着班委接待家长的工作。

天色暗了，她见到有同学一手挽着爸爸的胳膊，一只手拉着妈妈的手，兴奋地给自己的父母介绍她的一日三餐，也有一对对中间间隔着冷冰冰的空气，一路沉默无言却迈着相同节奏的步伐的父子……

"可是我的爸爸妈妈都没来啊。"令一想着，她本以为没有家长来开会是一件很酷的事，她想她一个人拿着一个小本子，坐在那张她多么熟悉的凳子上，喝着早上起来去小卖部买的，为自己而准备的水，时而低头记一记他们讲的育儿心得，也会是一件很有意思的事吧。

"别的小朋友都有家长开家长会。"她心里一直重复着这句话。

她走在那条孤独的楼道里，调侃着厕所怎么刷成了绿色的墙？胡乱地抹着脸上不争气的泪珠，它们怎么就不听话地掉下来了？

"别的小朋友都有家长开家长会。"

她沿着走廊，走过一间又一间的教室，走过漆黑的办公室，走到走廊的尽头，看见钟楼的灯亮了，外面世界的夜生活开始了，很快北环路上该塞车了，超市里放了一天的菜也该被扔到某个灰暗的角落里了。

她想打电话给妈妈，可最后，她还是只能一个人想着"别的小朋友都有妈妈来开家长会"，然后扫过脸去，一点点收拾起来自己的脆弱。

她走回班级，时老师从那些握手里抽身开来，他们讨论起令一正在看的书。他们好像讲了很久，特别奢侈地讲了很久很久，绝大多数时候都是老师在讲，有一段对话令她印象深刻：

他说："我活到现在，不求什么，只求平凡，简单。真的，我在第一次班会课上就在跟你们讲。"

令一诧异极了："可是做平凡的人，就成为了大家，我们与别人又有什么区别呢？"

"这是我们一直对平凡的一种误区，甚至变成了贬义。我们就觉得，平凡不好，可谁说平凡的人就失去了理想？平凡就等同于平庸吗？

"我过好我的小日子，我每天再忙再累也要读点书，写点东西，我才觉得这一天没有白过，这就是我一直在跟你们说的，不能停止生长的意思。

"人都是有精神追求的。

"精神追求使我们不会成为那种带着贬义的平凡的人。

"我做我喜欢的工作，跟我喜欢的人一起生活，我不求人生的风风火火，也不希望这辈子经历什么大风大浪。不需要被铭记，也不想被看见。"

时老师似乎还想接着说什么，令一也觉得有一些东西只是刚刚浮出水面，但家长们陆陆续续都入座了，他们似乎有着更多更多的问题要谈。

令一又一次走在了空荡荡的楼梯上，她觉得自己好像突然间又被那只软软的爪子触碰了一下，她想着她自己，她是不是已经停滞了，不再生长了？是不是为了追求所谓功利世界中的不凡，而真正成为了一个与别人一样的，平庸的人？

……

那天晚上，家长会结束以后，家长们一个接着一个地单独找时老师聊天，每当时老师打算坐下，就听见窗外一群妈妈们"来势汹汹"的高跟鞋声。

"时老师啊，我家孩子最近就是特别困，一回家就睡觉，是不是在学校不认真学习啊？麻烦您多关注关注。"

"哎，您放心，这孩子没问题，心里头可有主意了。回头我再找他聊聊，您先别着急，放心放心。"

……

"时老师啊，我是真的很焦虑啊。你说他又不是傻，也不是不学，怎么这个成绩就退步地这么厉害？"

"这次语文卷子出难了，大家都不会。您别担心，我一直盯着他呢。"

……

"时老师啊，我们家孩子平时不用我管的，怎么这次语文考成这样，您给他分析卷子了吗？"

"分析了，您放心吧，是这次语文卷子出难了，大家都不会。平均分比往常低了十几分呢，您把十几分加回来再看看，孩子很努力，您放心吧。"

……

"时老师啊，我知道您今天晚上已经辛苦这么久了，真是，我们这些家长都心疼您。奈何平时见不到您呐……不好意思，我接个电话……哎，哎，紫宁妈妈快来，时老师就在四楼这个班呢，对对，快叫其他家长也来……"

"哎，这位家长您都找时老师说这么久了，我们就一个问题，让我们先问好不好？"

……

令一就这样坐在教室的最后面，看着时老师一圈圈转着他的钥匙串，一遍遍叹气，把近乎一模一样的话重复了整整两个半小时。一批又一批的家长走入，带着不善的眼神瞟了几眼令一之后，忍不住一次次把那些狂躁、焦虑的情绪发泄出来，然后带着时老师的安慰与承诺，又不安地离开。

总算送走了最后一批，已经是晚上的十点一刻了，时老师关上教室的窗户，令一感慨道："我以后可绝不当老师，我感觉我光是听着，都要被他们的焦虑淹没了。我一定一定，向您学习！"

他挠了挠头，"哎，所以你知道吗？我去给我女儿开家长会，一开完我就跑，我是真看不下去，我一看到站在讲台上的她的班主任，我就感觉看到了自己。"

他停顿了一下，"只是，如果我的几句话，可以给那些焦躁不安的家长带来几分平息与安定，让他们的情绪不要发泄在我的学生们身上，让这些孩子能更有主见，按照自己的节奏走，不要被外界影响，那我多忍受一些，又怎么样呢？"

第三章

　　落下一年的课，似乎让霏霏更难回到自己原来的位置。她逐渐像她的两个室友令一和自信一样，过着丰富多彩的生活，一点也不热爱学习。

　　而在高考体系里从未间断过的人，他们始终葆有一种冲劲，从小升初，到初升高，再到高考。深圳中考的淘汰率将近百分之五十，而在一所重点高中的高考一本率甚至超过百分之九十。很多人拼尽全力考入理想的高中，接着就像初中一样，先是考进年级前一百，再是考进特优班，最后是考上一个理想的大学。霏霏去问了一些学姐，有一部分人说高中跟初中并没有什么区别，只是难度上有一个跨越式的增长。但是通过实现一步接着一步的小小目标，足以保持他们奋斗的激情和活力，这些成就感，凝聚成他们学习生活的全部。

　　理想的大学意味着什么？意味着遇到更多与自己谈得来的朋友，意味着在更高的平台上有更多的机会，意味着更宽的眼界和视野。可也就仅仅是这些了，它并不能与一个幸福美满的生活挂钩，并不意味着用一张成绩单就勾勒成了一条顺利的人生路线图：好分数，好大学，好找工作，赚得多买房买车，生儿育女……

如果人生只是用几个词便可以描述，那她宁可从来没有来过这个世界。

她希望自己对这个世界是带着特殊价值的。王尔德说："人真正的完美不在于他拥有什么，而在于他是什么。过自己想要的生活不是自私，要求别人按自己的意愿生活才是。"她完全赞同这样的话，不走父母安排的路，不做委屈自己的事，不追求其他人渴望的愚蠢的事物，于是特立独行逐渐长成她身上的一种刺。

这样的刺，不同于令一曾经刻意地叛逆，而是她太强烈地要求自己，只能做自己。

她为自己所处的环境感到不安，但是既来之则安之，她回来了，便要做到最强，世界上永远只会记住第一的名字。

是这样的一种好胜心，使她每天早上五点爬起来在厕所开大灯学习，使她从来不会参与同学间无聊的对话与游戏，使她把最高的目标贴在桌子上，衣柜门上，书包上，笔盒上，让自己时时刻刻都清醒着。她要是想达到安泽那样的程度，至少她要狠狠地逼自己。她观察着自己的室友，班里的尖子生，观察着高二、高三年级的状态，观察学校的各种罚单制度以及如何逃避处罚，观察不同老师的讲课风格等等。就像在国外那样，她一样要求自己用最快的速度适应环境，减少外在对她的干扰。她身上的自信与野心，给人一种坚定的信念感，好像觉得她是霏霏，她就一定会做成。这使她没有停留在"不食人间烟火"飘飘然的气质中，而是自始自终与群体有一种疏离感，通过保持一段距离来使自己清醒。

"我离开瑞士的时候，我没有告诉他们我再也不回去了。"霏霏告诉令一，"他们依然在等待那个活了十几年第一个真正认识的亚洲人出现在那座小小的学校里，有的人还在社交网络上问候我最近的生活，可我实在不知道该如何回应他们。"

"为什么？"令一放下手里在看的小说，钻进霏霏的被子里。

"我觉得我的心底跟那里的一切道别了，就没必要再跟一个个人拥抱留影，我带走了一切我觉得属于我的东西，而他们之于我，或者我之于他们，也都只是匆匆而过的过客。"霏霏转头卷着令一的头发，看着眼前这个还没长大的妹妹。

"那至少你将那些角落印刻在心中的某个暖暖的小罐子里了呀，就像好心眼巨人会在晚上绕着地球跑啊跑啊，看着窗帘后熟睡的小女孩，用小号把梦吹进她们的夜晚里。你也会在每一次打开这个罐子时，一遍遍感受它最炙热的温度。"

令一抱着怀里睡觉的小猫抱枕说道："欸，霏霏，你看它的嘴长得像不像奔驰的标志？也有一点像特斯拉，是吧是吧。"她推了推霏霏的胳膊。

霏霏温柔地笑了笑，真是个小孩子。

离开的那个夜晚，她独自彷徨在偌大的街道上，从山上走下坡的一路上，她的手里提着杂乱的文具，心亦凌乱。陌生的黑影从背后飘过，她站在一家小店冰冷的玻璃前寂静无言，她想笑着做最好的告别，抬头仰望却泪水涟涟，她想自嘲式地说一句"不必想我，江湖再见"，或是带着臆想地说"很快归来，依旧年少"，继续这些没有消散的故事。

"我又能否，轻轻地离开，不带走一片云彩？"霏霏心想，她纠结于自己现在复杂突兀的情感，这样有些做作而不潇洒地纠结何为对错，何为结局，何为茫然？也许有无数个夜晚，霏霏都这样躺在自己的床上，想着这些她怎样纠结都没有答案的故事，她不断问自己是不是后悔了，可心底的答案，她可以直视吗？

"无人知晓内心触动了什么，只想故意放慢脚步，脑海镌刻着墙画花草，点点滴滴。犹如便签条上一句句幽默的调侃。有人曾说，人人心中有盏灯，强者经风不熄，弱者遇风即灭，我不知自己是个逃避的强者，还是逞强的弱者；不知自己是在兜圈，在原地踏步，还是在后退。有些问题找不到答案，纵然有万般不舍，感激，期待，恐惧，我也未曾回头，未曾怀有念想。

"心中的灯，不是个容器，而要被点燃。它不愿追寻安宁与平淡，你知不知否？"

"愚人创造了世界，智者不得不活在其中。"——王尔德

班级也算走过了闹腾腾的阶段，大家进入了一段在攀比中稳步前进的阶段。大概是找到了生活的节奏，晚上头一挨枕头就能睡着，在舍友此起彼伏的呼噜声中睡得甘甜。期中考试结束以后，班级的几次周考都有进步，班里有一个像安泽一样"生猛"地学习的人，便辐射式带动了一大批学生，只要安泽不停笔，他们就不抬头；只要安泽一停笔，他们就拦住他去问问题；只要一发卷子，安泽的周围便全是人，他几乎要把每套数学卷子的十二、十六题重复讲二十遍，讲到他自己特别抓狂。

正当每个人都抱着一股拼劲竞争时，一向散漫自在惯了的令一被老师训了一顿后不愿回去上课，便逃课去图书馆自习。

可自从图书馆新装修，披上了件新斗篷之后，她便很少再踏进去，哪怕里面已经换了一批崭新的书，卖掉了不知道多少年之前的老杂志，运走了吱吱响的旧桌子和坐着硌屁股的硬板凳。

令一推门进去，环视周围。借书台不再是那个窄窄的课桌，变成了宽敞的大理石长桌，不过桌上的保温杯倒依然在那儿冒着热气。

"老师，你在吗？"令一没见着人，朝里面的办公室喊了一声。

"令一啊，好久没来啦。你看我这儿新装修的怎么样？"老师抱着一摞新书从房间里走出来。

"您这儿快赶上高档咖啡馆了，又有沙发又有桌子的，完全见不着之前那旧图书馆的影了，之前那窗上一圈圈的黑渍也擦干净了。"

"装修图书馆确实是个大工程，可把我累坏了，你们几个小姑娘也都不来帮忙。"

"学校现在管得严了，美术课都不能来图书馆了，每节课都在那儿点名。"令一无奈地说。

"高一上学期都快结束了，收收心学习吧。找霏霏去吧，她在里面呢。"老师冲后边角落里指了指。

"是吗？我还真没注意。她来很久了吗？"

"就你俩人天天逃课，闲着没事儿就往我这儿跑，校领导都说了我多少次了。去去去……"她嘴里念叨着她们不该逃课，熬夜到凌晨4点去抢深圳书城促销的书，令一觉得图书馆的蒋老师在书海里生活，应该早就把这样的应试生活看淡了。

她曾经是令一认为在学校过得最逍遥的老师了。学生上课时，她可以自己取一本杂志来读，或是拆封装订一些新书，又或是泡一小杯茶，粘补破损的书页。图书馆里总是有数不清的事情可以做，也不需要说过多的话，还可以不断丰富自己的精神世界。她可以看到每个人都喜欢什么样的文学，甚至可以通过这些来了解他们内心纠结的东西。也可以只是温柔地看着每个来这里读书的孩子的模样，心里想着自己家里那个可爱的小家伙。

于令一而言，她绝对是一个贤妻良母型的模范女性，那双灵活能干的手可以麻利地处理全校师生借阅的书籍，她时常讲她自己如何做饭，整理家务，打理阳台的花花草草……单单是将该怎么把裤子叠得最好看，就可以说得令人跃跃欲试。

令一想起原来学校还没抓那么紧的时候，她和霏霏两个人就经常去学校的各个角落逃课。后来图书馆的老师收了她们当义工，于是两人就光明正大地成为了班里的"逃委"。

打开本是不给学生进的小门，各自钻进某一排书架不被人发现，斜倚在废旧的椅子上，怀里抱着一本随机抽到的书读上一会儿，在物理草稿纸的背面漫无目的地写点随笔杂记，或是画会儿画，又或只是呆呆地望着天花板上光影的变化，思考些并无意义的事儿。

原先蜷坐的地方通常没有灯，黑不溜秋的，于是便把图书馆老师的专用小冰箱打开，凭着里面透出来的一点点光亮，散发出的一点点冷气和里面生肉的点点腥味营造出一个令人喜欢的气氛。有时，碰到喜欢但又不能借的书就会偷偷地藏在杂乱的角落里，做上标记，每隔一段时间便会藏上一两本书，偷着看完再放回去，可这样的小伎俩总是被老师抓到。小睡一觉后，下课铃打响，陆陆续续有学生走进图书馆借书，图书馆渐渐嘈杂起来。起身，跟老师打过招呼，两人挽着手蹦跶着走了，边走边跟对方讨论着自己刚刚看的小说情节。

令一抬头一看，霏霏还坐在她曾经经常藏书的位置，幸运的是，这个小角落并未被改造，她俩一起珍藏的书还整整齐齐地罗列在小箱子里。

在读读写写的过程里，令一越发不想回去上课，她跟霏霏说："我刚认清自己成绩不好的现实，发现自己已经十六了。"

"那我俩换换，你去嫁给题库吧。"霏霏笑道，她们说着说着，又聊回了学习："我的起点并不高，有多少人都比我赢在了起跑线上。况且，我还有一个弟弟，我的父母还要去管他，根本就没有什么平台给我提供。如若后天再不努力，我的小学同学们早就甩我几千里以外了。"霏霏对令一说。

"你挺有意思的，你是我认识的第一个特别在乎起跑线的人。"

"你不会真的相信上帝造人是公平的吧，有些人就是天生丽质，就是有学习的天赋，这样一来大家本来就不是在一条起跑线上。你现在想想，如果本来就落后的人，不加倍努力，哪里有机会去改变？"

"可是上帝给你关上一扇门，就必定会给你开一扇窗。"

"话是这么说，但谁知道他什么时候开我的窗？我何德何能让他给我开一扇特殊的窗？况且，现在就是个看成绩的时代。"

"你说你其实长得挺漂亮的，心也很善良，为啥不乖乖地当个傻白甜？"令一问她。

"傻白甜？宋坊同学很郑重地跟我说我像个白莲花，还说我很有心机。"

"哈哈哈哈哈，那你怎么认为？"

"不是，他不能因为我思想比较成熟，考虑比较多，就说我有心机吧。有心机又不等于城府深，我觉得城府深才是最厉害的。比起白莲花，我还是希望自己做一朵蓝莲花。"

"蓝莲花？这又是什么梗？"

"我不知道啊，瞎说的，哎，你笑啥？"霏霏看着捧腹大笑的令一，不解地问道。

"我刚一搜，才发现真有《蓝莲花》，是许巍的一首歌，我给你念下歌词：没有什么能够阻挡，你对自由的向往，天马行空的生涯，你的心了无牵挂，穿过幽暗的岁月，也曾感到彷徨……是吗？霏霏。你的心真的已经了无牵挂了吗？怎么做到的，我也想。哈哈哈……"

"怎么可能真的了无牵挂呢？"霏霏说，示意令一接着念歌词。

"当你低头的瞬间，才发觉脚下的路，心中那自由的世界，如此的清澈高远，盛开着永不凋零，蓝莲花。"令一停顿了一会儿，反应过来："哎，你别说，这个歌词写得很好啊。"

"我们都想要做真正自由的人啊。可自由的人是什么样呢？我们什么时候能真正自由呢？等到可以完全自己掌握自己的人生时，我们会做什么疯狂的事吗？"令一在心里想着。

"听过《阿刁》吗？"霏霏问道，她放下手中的一本书，两人倚着书架而坐，"我第一次听到的时候，它直接戳中了我的某个点，那天晚上我躺在床上静静地泪流不止。"

歌词里唱着：

不会被现实磨平棱角，你不是这世界的人，没必要在乎真相……
命运多舛，痴迷，淡然，挥别了青春数不尽的车站……
甘于平凡却不甘平凡的腐烂，你是阿刁，你是自由的鸟……

霏霏轻轻哼唱起来，"命运多舛，痴迷，淡然，又究竟何时，我才能做一只自由的鸟？"她低喃着，两人都陷入沉思之中。

她们在这里小声聊着很多东西：性格喜好、社团、高中愿景、中考前的纷争、感情经历、未来政治局势……有时也会吐槽新上映的电影或电视剧，调侃这个时代的快餐追剧方式：开着弹幕看两倍速的电视剧，看看简介就等于了解剧情，硬是要追完拍到最后越来越注水的电视剧。

更多的时候，她们讲喜欢的书、钢琴曲与画……霏霏讲她只是喜欢印象派朦胧的风景画，她说："我只是喜欢莫奈的日落，喜欢看他画的波光粼粼却不晃眼的水，喜欢他笔下的白色、粉色和蓝色。你知道吗？每当我专注地看着它们的某块细节，我觉得它们也同样直白地看着我的某个地方，当我退后几步，再次观摩它的整体时，它们又重新审视着我的灵魂。"

霏霏叹了叹气，接着说："但是我就一点也不想了解作者背后的故事，一点都不！我就是想要从视觉到心灵上像刀刺过来那样直接地冲击。"

霏霏继续讲她QQ的个性签名曾经从白落梅娇情的人生鸡汤换成了三毛《撒哈拉沙漠》里"你拒绝了我，你伤害了我的骄傲"；讲初中时全班的女生都想成为三毛，每个人好句摘录本里都有三毛语录，其中最多的便是："如果有来生，我要做一棵树，站成永恒，没有悲欢的姿势。一半在土里安详，一半在风里飞扬，一半洒落阴凉，一半沐浴阳光，非常沉默，非常骄傲，从不依靠从不寻找。"

在那一页又一页好句摘抄的本子里，住着一个穿着红色衣服的女孩子，至少在霏霏看来，那就是一个使她的梦有了颜色的背影。她从很远的地方走来，戴着一顶卷着长边的帽子，帽檐微微挡住她的侧脸，她在沙漠中行走，那样自在又缓缓地迈着轻盈的步伐，漫无边际的沙丘没有吞噬她，而那血红的裙摆透着柔和的光，定格在空中，勾勒出一幅曼妙的剪影。

从图书馆出来之后，她们又开始逃课去校园里各种各样废弃的小平台。有砌着粉红色瓦片的，里面的小桌子上写了很多很多的名字，有些名字出现了许多次；有的把心里的小秘密写在桌角小小的缝隙里，歪歪扭扭地仿佛就是不想被认出；也有用端正漂亮的正楷写着xxx与yyy要永远永远在一起，旁边画了整整一圈的爱心，大方又坚定地表达着自己最真挚的初恋。她们坐在旁边长长的木凳子上，想象着这些小情侣们最后的结局，大概等他们都毕业了，谁也想不起来他们曾经拿着小刀和彩色笔，在阳光从天上撒下来的时候，他们挑好了一个喜欢的角落，心虚而又专心致志地镌刻着一个人的名字。

不过粉红色的天台去几次也就没意思了，只有像自信那样的女孩子才会不断地在这里找到新乐趣。

令一最喜欢的是黄昏时的天台，那里充满了暗橙色的抑郁，周围都是枯草，可怜地低下头，暗黄的色调，配上旧砖和软塌的台阶，和掉漆的红水管相映，仿佛天生一对。天台很宽阔，只有两旁丧着脸的花花草草和倒塌着的废旧的桌椅，一切都单调到了极致。可令一却激动地拿起单反拍照，走来走去想找到最好的角度。这样的格局刚刚好，不满不亏，在一个人的世界，既没有孤寂，也无须凄凉地哀叹着庸碌又拥挤的生活让人喘不上气。

这样的景象透过澄澈的镜头，深深地镌刻在她的心中。有时她很难想象一草一木对一个人的影响，或是一个景致会如何扎根于自己的心中，无意间填充满那个躁动的自己。

"我一直很好奇，你怎么会出国的啊？"令一问霏霏。

"想要逃离，就逃离成功了。"霏霏回答。

"为什么想要逃离？你好像从来没跟我们说过这些。"令一追问道。

"这是一个很长很长的故事了，要下课了不是吗？"霏霏笑着说。

"那可不着急，下节课也可以接着翘。"令一也笑着回答她，她突然间发现，中考作文里虚构的那个海边的女孩子，好像与眼前霏霏的身影渐渐重合了，她们再一次站在了海边，清爽的海风拂开细碎的刘海，身边人清澈的声音讲着一个遥远的故事，将她们笼罩在一片柔和之中。

时间回到初二，那时课程任务量没有那么大，生地会考也没有那么难，所以霏霏一直想静下心来，好好寻找一下某个问题的答案。

她一直在思考旅行的意义到底是什么。在她的脑海中，从小学到初中，她几乎每一个寒暑假都在奔波于各地，可究竟自己在旅行中学到了什么，她又想不出来。霏霏的父母一直在给她灌输一个观念，那就是要走出去，走出中国，走向世界，所以他们恨不得一有假期就把她放出去开阔眼界。

她参加过各种各样的夏令营，每天都在学超出她所学的程度很多的 SAT 课程；她又报了大大小小的模联的活动，有幸在国内外参加了一场场盛大的会议，顺便还参观了大都会博物馆。从小到大，她的父母希望她能在假期多去旅行，多放松自己，顺便到国外去学习英语，这样等开学时就会以更充沛的精力去学习。

也许没有出发之前，霏霏习惯于自己只是在一味地学习，不需要想很多复杂的东西的状态，又相比于其他事情来看，学习是最轻松的事情。可是一旦走出了那个简单的生活圈，各种各样的烦心事都相继冒了出来。

霏霏在网上看过网友们关于旅行的意义的讨论，有的说是为了更加了解世界各地的风俗文化，体验另类生活而旅行；有的说是为结交友人，拍漂亮的照片而旅行；有的说是喜欢收集各地的明信片、硬币、钥匙扣等小玩意，也有的说是为偷窥一下外国小哥帅气的面庞，或是在旅行中记录下那些无缘的路人。这些答案确实很有意思，但并不是她想寻找的。

霏霏想起，在贵州的一家苗寨里，住着一个和她年龄相仿的苗家小姑娘，她们曾手牵着手，郑重地约定要寄一本书给对方，把思念与祝福寄给那个远方亲切的朋友，可是迄今为止，一本简单普通的书还尚未送出，无音无果。那时的她顶多十岁，还放得比较开，心里没有装着那么多事。在那座小山之下，搭建了一个小小的木质平台，人们穿着民族服装，围着篝火跳舞，欢歌笑语。通过一层层石阶便可以上山，山上并排连着一个个宅子，一楼的空旷空间中摆着一张长桌子，可以坐下十几二十个人，整个村落的人就这样搭伙吃饭。从大窗户往外看，山里点点灯火亮起，犹如瀚海中的归舟，都点起灯，点点光亮下闪耀着一片茫茫旅途，找出一弯曲折的路，那里的尽头，便是一个叫家的地方。一大家子坐在桌前，谈吐间透着毫不掩饰的快乐自在，犹有桃花源中的"设酒杀鸡作食"时，"黄发垂髫，怡然自乐"的气氛。一重重青翠的梯田注定是与青山绿水为一家人，平淡而又自然，不需要刻意地去引人注意它的魅力。眼前之景衬心中所想，至善的纯净与快乐，不需要经营。

紧接着，她又讲起自己第一次出国的经历。

第一次是不同的，她带着一颗向往的心，第一次懵懂地走出国门。十二岁的她，第一次踏上北美这片土地。那是一次疯狂的旅游，从尼亚加拉大瀑布下的少女号到科罗拉多大峡谷的直升机；从费城的自由钟到夏威夷的冲浪；从渔人码头的螃蟹宴到林肯纪念堂前的演讲词……短短的二十天，跨越国界，父母与她走了将近十五个城市，他们每天都在奔走着，无所畏惧地奔赴新的未知。

在美丽的夏威夷，人们用 aloha 表示你好和再见，用 mahalo 表示谢谢，用六的手势表示 take it easy。夏威夷的市中心有一座城堡，据说曾经是国王和政府官员住的地方，是最繁华的片区。

细细的沙子划过手指，那样的触感一直清晰地保存下来。夏威夷的海水与沙滩，它们带着原始的味道，海水冰凉，浅浅的滩底都是从未经人工打磨的沙和碎石，越往深走，就会有越来越多粗旷又坚硬的大礁石，几乎让人无处可踩。当地人穿着吊带裙，躺在白色的沙滩上晒着日光浴，他们被晒得很黑，腿上被划出血红的一道血痕更像是荣耀。

除了海滩，这里的火山和绿宝石也很有名。绿宝石澄澈透明，母亲争着要让父亲买一对耳环给她。确实很漂亮，可以看见倒影在那抹翠绿中父母的喜悦。

坐落在珍珠港之上的山谷中的风很大，似乎转眼就能想象到当年的战斗机是怎样穿过这里，战火连天。日本从这里偷袭了珍珠港，美国也就此参加了二战，世界朝着另一种方向发展。与历史站在同一片土地上，她有一种说不出的奇妙的感觉。

坐在潜水艇中潜入六十米以下的海洋世界，那里有很多人造珊瑚，珊瑚丛中有大大小小的鱼和海龟，却都叫不上名字，除此以外，水底下甚至能惊喜地见到小鲨鱼。在珍珠港被袭击而沉底的巨大战舰，经过多年的侵蚀和冲刷，成了海底生物的美丽天堂。它似乎脱下了悲伤的外袍，展现给世人的只有里面进进出出的生物，很有层次，仿佛油彩笔下的彩虹鲜艳地划过，填充了忧伤而又空洞的蓝色。看着各型各色的生物，船骸是它们的大家园，像是在外太空中崭新的生活方式，或许那里有一种属于那些海底生物特有的文明，只是人类不知道罢了。她好奇地幻想："会不会有个物种也在某个地方默默地看着我们的生活，研究我们的文明？"

"继夏威夷之后，我们来到了旧金山的渔人码头，这里有雪白的海鸥，棕色的麻雀，纯净澄澈的天空，还有悦耳的街头音乐。一首《Amazing grace》，吉他的分解和弦配上淡淡的风，有一种说不出的悠闲和洁净，旅程开始了。"霏霏想起自己在日记中歪歪扭扭写过的话，笑出声来。

街边有一群群的人看杂耍表演，又有帆船起航的鸣笛声，一眼望去，大大小小的船只都排在码头旁边，一眼望不到头，像是蓝色星空中有一片起伏的白色纱裙，海鸥在其中勾勒着最后的轮廓。

在赌城拉斯维加斯的那个晚上，霏霏轻靠在玻璃桥上，桥下车水马龙，川流不息。凌晨，才是这座城市真正开始喧嚣的时候，身后的Bellagio 酒店正进行着喷泉表演，爸爸按下快门键，拍下霏霏在这座城市中的唯一的一张照片，大屏幕上的脱衣秀和涌出的缤纷的喷泉盖过了她的人影，似乎在这座疯狂原始的城市中，没有人不是背景，又没有人能压住它的蔓延。

这就是拉斯维加斯啊，一个被荒凉的沙漠和戈壁所包围的绿洲，一个伫立在"地狱"中的"天堂"，一个在白天平淡无奇，却在夜晚中苏醒，热情奔放，在黑夜的笼罩与掩护之下，向全世界散发着它的诱惑。街道边都是穿着奇装异服的女人们，酒店大堂中摆满了老虎机，还有那些她并不认识的机器与洋酒，人们都沉醉其中。过道是单独被隔开的，荧光色的分界线那么刺眼，仿佛正是一道警示，告诉人们凡是踏过那条界线的人，他们的人生将发生巨大改变。或许会搭上本就或有或无的财产和人生的后半程，又或许会给走投无路的人一条新的出路——一面沙漠，一面绿洲；一面地狱，一面天堂。

霏霏并不赞成这种不理智的做法，甚至是憎恶这样的风俗，却同时又会为那些敢于冒险的人而感到奇妙兴奋，她所向往的一种不平凡的生活态度，也包括眼前的这一种吗？

离开拉斯维加斯，从波士顿稀奇古怪的跳蚤市场出来，他们来到了哈佛大学和麻省理工。走在校园里，她只是觉得外表和普通大学没什么差别，就是漂亮而已。可是当导游讲解到每一栋楼时，她深刻意识到那些伟大的历史背后的种种挫折，以及那之后所成就的灿烂的辉煌。

在纽约，他们走过华尔街，看到伫立在联邦大厅前的华盛顿铜像，证券交易所前的铜牛塑像，以及百老汇大街上慢慢等待红绿灯的情景，她的心中早已产生波澜。这个世界的顶层精英，正坐在这些大楼里，操纵着世界，那该是一种怎样的征服感啊！她多么想对那个未来的自己说：See you at Wall Street! 而费城的自由钟，华盛顿的白宫和大草坪，以及林肯纪念馆里悬挂的《葛底斯堡演说》给她留下深刻的印象。特别是《葛底斯堡演说》中的一句使她印象尤为清晰：That this nation, under God, shall have a new birth of freedom—and that government of the people, by the people, for the people, shall not perish from the earth.

她血液中对自由的向往叫嚣着，整个人都激动起来，就像见到自由女神像的那一刹那，她像是突然间拽住了什么，周围的人像看傻子一样愣愣地看着她，可她知道那是极为特殊的一刻，她兴奋极了，好像她拘束着的意志也随着自由女神的火把出逃了……

就像是一块一直缺失的空洞突然被填补起来，霏霏太享受这块大陆的馈赠了，享受融入其中的放松，体验那些 local people 的热情，她觉得狭隘的自己第一次真正意义上走进了这个世界，她走进了一个她曾不敢想象的世界，她像是上瘾了一样，那些未知不断地吸引她去探索，她知道自己发生了截然不同的变化。

刚升初三的她来到北京参加比赛，就住在北大旁边。

北大博雅酒店不远的地方就是清华大学，暑假期间从早到晚都排满了前来参观的游客，红绿灯路口来来往往人流和自行车汇集，鸣笛声和警察的叫喊声交杂，自行车、摩托和电动车都被湮没在人群的嘈杂中寸步难行，不赶路的会下来推着车响铃，赶路的会直接骑着车往人群里撞。被撞到的会朝着某个方向骂上两句北京话，语调向上冲，又被新涌过来的人们给镇压下来了。奇怪的是，她每天早上远远经过那儿总会误以为人群是静止的，到了近前才发现是移动的，到现在她还没明白究竟是什么原因。

清华西门北边几百米有一排小吃店，小吃店是在一个胡同里，其中一家从一早就挤满了人。她很喜欢这里的胡同，胡同的里外像是两个世界，走进来仿佛洗尽了浮华。这里的小笼包、稀粥、豆浆都是现做的，她最爱的还是豆腐脑。与南方不同的是，这里的豆腐脑很咸，放了很多葱花和酱油，油条炸得又细又长，卖相也没有南方早餐店里的那么斯文。

比赛结果并不理想，不过霏霏也不在意，本来她就不愿意参与这些竞争之中。吃完早饭，父亲陪她去了香山的索道。这里的索道是半封闭的，只有一个靠背的椅子和简单的防护措施，她从没坐过这样的索道，不免有点害怕。于是爸爸就讲起他与郭叔叔幼时的故事，两人为了逃票坐到接近山底的时候找了个地方直接跳下了索道，跑了出来，刚好省了两碗饺子的钱。他很是怀念那时快乐的日子，似乎想出了神。

或许所谓的恐惧，都是自己吓唬自己，一旦克服了，就不会再害怕。再看看爸爸，现在的他被妈妈吓唬着，神经紧张起来，也跟着念叨起那些听得耳朵起茧的话。

除了香山，还有一个让她诧异的东西，就是共享单车。霏霏所住的地方并没有特别划定的绿道，所以自行车和机动车是停放在一起的。出人意料的是这并没有让她感到不安，反而觉得更接地气。这反而营造出一种不同于南方的气氛，一种特殊的活跃。

早起买早餐时与老板唠上两句家常，再骑车回去，感受着这些风俗气息，顺便再去爬个山，接近一下自然。闲下来的时候，可以逛一逛北大的博雅塔和未名湖，看着那些有着历史年份的红瓦建筑，这种平淡使她格外知足，仿佛生活终于慢了下来，每天能做很多事情，感受到很多人和物。在北京这样一座生活节奏很快的城市，她竟然觉得放松和舒适。

离开北京，她随母亲去天津看望亲戚。母亲的家里是个复杂的家庭，有很多代人，大都住在一起。她们和大姨二姨住在一起，每天看着她们忙忙碌碌，早上起得很早，吃完早餐，做完家务就出门了，有时还会因忘带了东西赶回来又匆匆离开。两人已经退了休，但每天都有着做不完的事和见不完的人。听母亲讲，她们每天能做很多件事情，甚至同时做很多件事情。但确实，看着她们忙碌的身影不由得感叹，她们真会过日子啊！

二姨很是节俭，所有穿过的衣服，她都能缝缝补补二次利用。家里没装空调，她就挂上遮光的窗帘隔绝热浪，又会在冰箱里冻上水，吃饭时拿一个盆放在脚底下，让那些冰块融化吸热。那段时间霏霏有些不舒服，二姨不肯买药，每天逼着她喝自己泡的金银花水，又苦又涩，霏霏不敢违拗，只好喝了下去，过了一段时间，病真的就好了。

她想起小时候姥姥还没去世的时候，姥姥每天都会早起轻敲她的房门，贴着她的脸温柔地叫她起床，然后姥姥会带着她和小狗聪聪一起去买那北方丑巴巴的油条。姥姥会穿着人造棉的凉快的花布衫，露出瘦得只剩皮包骨头的胳膊，大手拉小手。姥姥的嗓门不大，个子也不高，说话还有些嘶哑，但早餐铺炸油条的伙计一定会看见她，时不时会用天津方言唠上几句。只见白花花的面团子慢慢鼓起来，又塌下去，几个来回过后，皮已经金黄透亮了，香气扑面而来，一口咬下去脆而酥，香而不腻，再配上鲜美热乎的豆浆，一切妙不可言。姥姥有时还会教霏霏打十四分、缝刺绣、还有炸丸子等等。

二姨会做春饼，姥姥回家之后便会走过去监督二姨，时间精不精准，火候到没到位。二姨做饭遗传了姥姥的麻利，一点也不拖泥带水，不过姥姥还是会亲自上手，估量着该放多少盐，撒多少葱花，用多少油，不愿意休息。出锅的春饼很脆很薄，咬断之后，里面又软又柔。若是撕开吃，可以发现里面有千层金灿灿的薄饼，层层相连，怎么撕都撕不完。

脱下棉袄，坐在桌前，几碗豆浆，几根油条，几张春饼，再配上一小碟咸菜，一锅白粥，平凡的时光刺激着味蕾，娓娓道来它的魅力。

……

平凡普通的日子适合存在回忆中，就像霏霏曾经在一篇阅读理解文章中读过的一句话："我们喜欢回忆，却不喜欢走回过去。"当时初三新开设了语数英三门的培优班，对于霏霏来说，她更希望把上课的时间用来自己复习。但语文培优班的一篇意外的文章，却如湿润的羽毛一般，不轻不重地在她的心上划过一笔。她在匆忙之中只是感觉自己心中一动，却谈不上什么感触。

从北京回来之后，这句话更像是一根刺，扎在那些北方的回忆里，她的确享受朴实无华，岁月安好的生活，可是难道二十年以后，她也要像她的家人一样脚踩着缝纫机，逼着自己的孩子去相亲结婚，唠叨着单位里哪个人被撤职了，念叨些家长里短吗？她坚决不愿意。

时老师说，人的一生要在五六岁的时候解决一个很重要的问题，然后在青春期的时候再解决一次，如果两个时机都没把握住，那么这个问题拖下去再解决的时候就是三十岁，可能要自己成家立业的时候才会重新审视这个问题。

小时候，她有一个本子，上面写着她的爸爸妈妈所有吵架的时间、原因和所有说过的那些伤人的话，等她学会了简单的加减乘除，她会去算他们吵架的频率是增加了，还是减少了。

生活的琐碎不断地折磨着她的家庭，在日复一日鸡毛蒜皮地拌嘴与争执中，他们因为家务事谁没做好吵架，因为她的教育吵架，因为想去的饭店不同吵架，因为一切可以吵起来的小事吵……而一旦他们吵起架来，总像是在骂对方下地狱一样，恨不得把全世界最恶毒的话全扔给对面那个曾经在所有人面前宣誓最爱的人身上，把对方平整得体的衣装扒下来，喊着骂着恨不得把最滚烫的油往对方身上泼……可是一场吵架过后，好像只有她自己是那个耿耿于怀，没法释然的人，她总会小心翼翼地探头偷看他们起床以后的状态，可那两个人总可以装作若无其事。

小时候，霏霏还会一个人拨通一个空号，把那些埋在枕头里的哭泣向手机里机械式的女声抽噎着哭诉。等她长大了一点，她又成了她的父母婚姻生活的垃圾桶，成为了父母双方分别倾诉对方问题的承担者……她想，她永远不会找像她爸爸一样脾气暴躁又懦弱无能的人，也永远不会成为像她妈妈一样张牙舞爪的人。

于是这样，她成了一个不再相信爱情的孩子。

当有一个男孩子对她说："无论你现在怎么想，我很喜欢现在的你或者以后可以预见的样子，所以，如果你想回头，我可以等很久的。"

她突然间觉得很少有人会对她这么好，或许是从来没有。好像很久都没哭过了。

她向那个男孩子道了谢，她想她的眼泪不会再为了任何喜欢或爱而流下了。

进入初三的一天中午，学生会在图书馆开完会后，霏霏按照她的计划，向部长提出了自己想要退出的意愿，她是这个学期第 n 个想要退出的人了，部长想了想就同意了，他只是希望下一届的学生能赶紧成长起来挑大梁。

霏霏无语极了，她并不认为这些社团会多么影响自己的学习成绩，她的生活节奏不会因为是初三了就会有所改变，她习惯于生活在只有学习的世界里，学生会是她仅剩的，还可以为别人做点什么的机会，她不想成为别人眼中那个自私自利的学霸，更不想成为一个对这个世界只剩下淡薄的人。

自她升入初三，好景不长，霏霏的父母对霏霏的态度发生了巨大的变化。当他们意识到她已经不再是小孩子了，而是处于一种残酷竞争之中时，才常常向她强调成绩的重要性，也不再带她出去玩了，一个劲儿地要求她退出学生会，退掉班干部，她实在是被逼得没办法了，才无奈离开。

"你已经拒绝参加那么多比赛了，北京的那个比赛你又输了，这一个你必须参加，到自主招生的时候人家一看你的简历一片空白，拿什么录取你。比赛之前的这个集中训练营，我也帮你报名了。"霏霏的妈妈向她施压。

"那我就不去自招了呗，反正我中考也能考进去。"霏霏头也没抬地回答她。

"呵呵，你还敢说，这次机会还是我跟其他妈妈们打听之后才知道的，你自己都不知道跟他们询问什么信息，就只知道中考，谁能预测那么远的事情。你看看你，本来跟那些竞争对手比就不是在一条起跑线上了，你还不多给自己争取一些机会和筹码。你看你的那些小学同学趁你出去玩的时间该补习的补习，该留学的留学，你再看看你……"

"行了行了，参加就参加，现在你能不能不要再大声叫了，你已经打扰到我学习了。"霏霏把她的妈妈推出房间。

霏霏有些头大，一年的时间能改变多少事情？她说不上来。

自第一次出国之后，后来的无数次为了出国而出国的旅行都变了，她走了欧洲十几个国家，光是看过的城堡和教堂都数不胜数了。但那样的旅行找不到放松的感觉，甚至觉得更加压抑和郁闷，霏霏几乎走遍了全世界的著名城市，却在一次又一次看似有计划的旅途中迷失了自我。

渐渐，渐渐，旅行的意义从走马观花，再到在当地体验生活，在自然界里找到那个最纯真，最轻松的自己，到最后变成了参加学习夏令营，甚至让它成为了炫耀和攀比的工具。

但凡一趟旅行中夹杂着半点其他的杂念，她便很难从中感到快乐，找回像是从前的那种自在与快乐。又或者是说，她不再能贴近自然，不再在自然中静静地沉淀自我。她很清楚地感受到自己的心境渐渐变了，放不开了，她极为强大的理智压抑着想要放飞自我的那个灵魂。

她的父母、老师和同学，包括她自己，对她是抱着极高的期望的。而曾经的她可以通过旅行把这些压力转为动力，让它们释放掉。如今，错综杂乱的讯息都要在心里过滤，同时要在旅行中不间断学习，又要想方设法地改变自己的性格，跟那些不太熟的人处好关系，硬是要克服她的社交恐惧，还要天天听着母亲念叨："如今竞争激烈，你的目标是进入名牌高中和大学，进入精英的圈子，在最好的公司做高层管理，过上人人都羡慕的生活。若是没有过上这样的生活，就会……"每天类似的话都要听上千遍，给她洗脑，让她记住。未来变得遥不可及，没有了方向，只有无尽的竞争和辛苦在那里等着。

父母日复一日的争吵使她对出国更加期盼，她背着自己的父母，不断地关注各种中介的信息，她想她只有功利而主动，才可以抓住属于她的机会。

申请去国外读高中的念头一旦萌发，便怎么都压不下去了。尽管她已经很久很久没有体会过旅行的意义了，但她依然要无畏地奔向那些无意义的地方。

班里也有同学说是中考前就要出去，可她们好像一点也不紧张和忙碌，根本就不准备，不像是有计划的人，大概是她们富有的家境完全可以支持她们靠砸钱进入任何一所美国私立高中，甚至移民吧。

而她的生活中依然只有日复一日地学习，她的父母依然只会看着那些比她成绩好的孩子，她依然不知道自己为什么而活。

"我就是觉得我应该开始规划自己的未来了，免得走岔路。可这也是一件很令我慌张的事，我完全把握不住。就是那种又在后怕又在叫嚣的感觉，有时候我会懦弱地想，跟大家一样没什么大不了，我还小，世界太大，何必把自己的未来定得死死地，顺其自然定也可以收获不少。要是我主观地改变了自己的路，那出国了语言怎么办？生活怎么办？这是个要命的问题，如果什么都听不懂到哪里都支着个脑袋有什么用？我为什么要折磨自己呢？"霏霏模仿着她当时的抓狂，令一可以感受到她的焦虑与恐惧。

她就一直这样想啊想，想啊想，像是疯了一样。

"我爸妈有时候也会说，读研究生时出去也行，他们突然间不着急了。不是，他们怎么可以一直给我灌输国外很好的观念，然后又让我一直一直等下去？他们说，我就像现在这样，每天一直学下去，就算考不上清华北大也能上个985吧，上大学以后，轻松一点谈个恋爱，找个实习，等大学毕业了跟男朋友一起申请研究生，不是也可以过很好的日子吗？"霏霏说。

"确实啊，但是你不会喜欢这样平淡的生活的。"令一说道。

"是啊，那段时间里我一直逼着自己直面我的恐惧。我想我不能成为一个懦弱到我自己都厌恶的人，我很害怕，很胆怯，尤其是在我知道我不出国我就有退路的时候，我很想要逃避。"

"那，是什么契机让你下定决心的呢？"

"令一，哪来的什么契机啊。这个世界上本来就不存在什么突然间可以被点醒的刹那，也不存在什么突如其来的人可以改变你一生的轨迹。"霏霏说着，令一听着她一如既往地讲许许多多的道理，觉得她们虽然是同龄人，却因为遭遇不同不可避免地身处在不同的境界中。

"可能霏霏看着我跟自信的世界，都觉得挺幼稚可笑吧。"她想着。

后来，霏霏终于等到了一次机会。她参加了一次国外高中的大陆面试会，面试的学校有美国的、加拿大的、澳洲的，也不乏英国和其他欧洲国家的。面试官给的分都很高，有几个 8 分的，两个 7.5 的，最低的一个也给了 6.5。她拿着来自世界各地国际高中的 offer，激动得无法入睡。

"令一，你知道那种感觉吗？我知道自己就差最后一步了，迈出去的那一刹那不是我突然间受了什么刺激，而是我的心里做了无数次的准备。"

令一看着她特别坚定的眼神，她突然很羡慕霏霏这样的性格。

她说："我一直告诉自己，也许出去了我会变得更好，也许我更适合那个外面的世界。纵使我现在失去了方向，也许我出去了就看清楚了。"她停顿了一下，"我知道我的幻想是建立在也许、可能这样的偶然性上的，但是人生怎么能不赌点什么呢？我的一切野心，我想见到的世界，不试一试怎么知道能不能实现呢？"

令一一直回想着她的神情，哪怕后来回到班上，她们若无其事地开始新一轮的学习，她脑海里依然回荡着霏霏激昂的话："我们不是讨论过，二十六岁绝对不能成为什么样的人吗？我想说，不能成为连自己都不认识的人。我想成为勇敢的人，既然我有这个想法，我有实现它的条件，那我就必须要去做，我怕得要死也要去做我向往的事。"

终于，在霏霏收到来自不知道是教育局还是考试院的中考分数的短信时，她正式地把她最喜欢的一所瑞士高中的录取通知书甩在桌子上，还有她早就办好了的签证和机票也一起甩在了桌子上。

就这样，霏霏踏上了她的世界征服之路。

第四章

　　"自信，你怎么哭了？"令一听见自信在大半夜默默抽泣。

　　"我梦见……梦见……我第一个暗恋的男孩子了。"她不再一抽一抽地憋着了，突然放声嚎啕大哭，"为什么……为什么我会变成现在这样？"

　　令一知道她很感性，却从没见到她哭得这么撕心裂肺，令一把霏霏摇醒，三个人坐在床上谈心。

　　"我大概还没跟你们说过我第一个喜欢的男孩子吧。"她抽了抽鼻子，"我一直一直，想找一个很像他的人当男朋友，他与我那个吵架时只会沉默睡觉的爸爸截然不同，于我而言，他是一个很特殊的人。我一直不停地克制自己，后来也就真的很少想到他了。我没有办法做到见到他时，心中毫无波澜，无法判断我还喜不喜欢他。或许他只是我的一个过去的，很重要的朋友，因为我想要体面地向他道歉，所以一直忘不掉吧。我挺害怕自己再陷进去的。"

　　"小时候，我也会把人和事看得很重，会觉得现在的一切会永远被记住，而现在眼前的人也会记一辈子。"令一在心里想，其实这也未必是坏事吧，自信究竟什么时候才可以摆脱现在这样不成熟的状态呢？

"知道吗？我梦到他长高了许多，穿着很潮的衣服，我一直在躲闪着，也没有看清梦里的样子。梦到中考毕业的时候，等所有人把名字签满我的一整件衣服的时候，我在一个小小的空隙里给他留了一个位置。找他签名的时候，我刻意让他周围所有的好朋友都签完，最后很自然地走向他。我想除了梦境，没有人会记得那个瞬间。中考结束返校的时候，在操场上拿拍立得拍毕业照留念的时候，心里没有很大的波澜，记录下最后一个他带球上篮的时刻。于是就结束了，我们再也没有联系了。"

自信想着，心里越来越难过，好像自己错过了一个特别特别好的人。

"中考毕业的时候，他很温柔地在我的衣服上签了字，好像一笔勾销了我们之间所有的故事。可是在那梦里，他突然恶狠狠地抬起头来，很凶地瞪着我说：'你看你现在连舞都跳不了了，你还拿什么来喜欢我！'然后他把没有签完字的笔甩在地上，我想上去抓他没抓到，然后我就醒了。"

眼泪和鼻涕蹭在她的抱枕上，宿舍里全是她像小孩子闹脾气一样哇哇哇的哭声，她突然间一顿，想了想，不能把鼻涕蹭到她心爱的抱枕上，又压着咯吱咯吱的床板爬下床去拿抽纸，转身扑进了另一个床上霏霏的怀里。霏霏于她，就像一个大姐姐一样，好像可以一直柔和地笑着，包容她各种各样的小脾气，在她别扭地要人哄时温顺地摸摸她的头发，告诉她一切都会过去。她不像令一那个小气鬼，她会允许自信跟她挤在一个床上，第二天早上醒来，还会轻轻地问她有没有感觉好一点，还难不难过……

"他真的是很好很好的人啊，怎么会那样骂我呢？他明明知道我有多喜欢跳舞，我把跳舞奉为生命，生命知道吗？"自信在床上激动地说。

"那只是个梦啊。"

"可是梦总会代表着什么意义的。"自信摇摇头说。

"做物理实验的时候，他看到我落单，会主动过来跟我一起做。

"我们是前后桌，他会因为他坐在前排挡住我，刻意歪过头抄笔记。

"我们是一个组的，他会借我的英语作业抄，常常嘲笑我的 u 和 o 写得像。

"暑假旅行结束以后，双方会互换礼物。他送过我一个很可爱的小八音盒。

"我会一直盯着他的后背发呆，有时候很想鼓起勇气摸他的头发。上课睡觉的时候，我会觉得我躲在他的身后时，老师也看不到我，他也看不到我。没有人在教室的时候，我会一直盯着他的东西看，记着很多上面的细节，想偷偷地翻却不敢。

"不想回家的时候，我会找一个很安静的地方想他。曾经我觉得这一点特别戳我，家里天天吵，摔东西，尖叫，摔门……我的父母永远不知道我每一次离家出走，都是找一个没人的地方，边哭边想着他。想着他是怎么样认真地听我的想法的，告诉我想做什么就去做，自己最大。很多次，我想拿起手机按他的手机号码，可是无数个理由会阻止我。"

自信又开始啜泣起来，霏霏一直抚摸着她的后背。

"我觉得他是一个生活特别认真的人，认真地学习，然后认真地撒着娇让他妈妈给买新球鞋；打球时也很鄙视那些打黑球的人，所以努力地提升技术；认真地交朋友，对待哥们很讲义气，很热血；也认真地对像我一样小透明的学渣。

"你知道我们是怎么建立友谊的吗？靠我的努力一点一点建立，靠我每一次做不出来的题，多么艰难啊！每次我说：'这个题，我不会'的时候，他都很有耐心，讲得很细致。把我当成傻子一样讲，这点我很喜欢。

"我曾经很直白地表示过对他性格的欣赏，于是也意外地等到了一张合影。那时候我看起来越不在乎的样子，越是掩饰不住内心的喜悦。

"跟别人说话的时候，看他在旁边走过，会突然大声地说：'你喜欢做什么？周末要不要出去玩？'

"有一次接完水的时候，我后退时不小心碰到他，很害羞地说不好意思。后来看他出去接水，我也会跟着出去，常常堵住他的路，放慢脚步想多说几句，又得赶紧跟上去，因为他并没有配合我放慢脚步。"

自信讲到这里的时候，有些暗自神伤："可是从一支可乐开始，我们的故事大有不同。一次考试前，我鼓起最大的勇气，在可口可乐上印了'祝学习进步'的字样送给了他。他没喝，于是那天晚上我忍不住跟最好的好朋友说了我喜欢他，我鼓起了很大的勇气，想要得到她一个肯定或者至少安慰的拥抱。可是转眼间第二天，所有人都知道了，他们不断地调侃我着急的主动，粗暴地把他往我身上推，'好心地'帮我写小情书塞在他的抽屉里，在他跟别的女孩子说话时大声打断他，说：'自信在你家等你呢，怎么还不回去！'

"我们的关系变得疏远而尴尬，可是那些起哄的人总是看不出来，觉得我们在害羞，于是更加起劲地做他们喜欢的事。我很伤心，起哄的头头竟然包括我曾经以为的最好的朋友。他们吃着我的零食，把我围住，围在了中间，那些叫嚣的笑声和鼓掌一直一直笼罩着我。

"这场绯闻风波过后，他的眼总是冷冷地看着我。自那以后，我也不再交真心的朋友了，我觉得当时那么美好珍贵的感情被我可笑的主动所破坏了，于是我也不再敢主动了。"

自信总是喜欢这么说，说自己真的没有再随便投入感情了，无论是爱情还是友情。可是当别人对她很好的时候，她又开始很心软地很想交心，非常容易把心里话对他们说，她大概非常渴求一个理解她的人吧。

"后来呢？后来发生了什么？"令一问她。

"后来我开始追星，把满门心思献给帅哥，而且找到了一个小团体和我一起激动地尖叫。我知道，她们并不在乎我，但至少，她们不会那样嘲笑我卑微的暗恋。"

"你是怎样结束这段暗淡无光的暗恋的呢？"霏霏问道。

"并没有结束，只是完完全全地变成了我一个人的独角戏。第一个喜欢的人，往往会牵动很多的情绪，有突然间的勇敢，也有特别的小心翼翼。

"我并不喜欢运动，可是打躲避球的时候，我会把觉得是情敌的人都砸得很狠，那是我最勇敢的时候，当时场上的人都很惊讶。

"我去参加舞蹈比赛，穿了灰色的裙子，一回教室起哄声一片，我想他也看到了。

"我会留心记他的生日，他的书包，他的鞋子，他手表的款式。心里觉得很幸福，满足于远远地观望。

"看到他跟别的女孩子说话的样子很开心，笑嘻嘻的，就去打听那个女孩子是不是人很好，自己也觉得很般配。回家以后一直在听失恋的情歌：'我曾把完整的镜子打碎，夜晚的枕头上都是眼泪。'

"重新分班以后，篮球比赛他们班输了，他趴在我们班的窗台上跟宋坊说话，我见到他瘦瘦的，很难受的样子，真后悔当时没有去劝他，或许那是一个不错的说开的机会。那天晚上，我想发消息安慰他，连措辞都想好了，可是又不敢。一遍遍地告诉自己算了吧，但心里好难受，比我们班输球还难过。

"我的眼睛依然乱瞥，喜欢偷看但是不敢对视，我很怕看见他冷冷的双眸。

"作为课代表再次去查他的英语作业的时候，只敢在身边随便晃晃，不敢在他的身边逗留，甚至跟他说一句话都会脸红。有事的时候，甚至要找人去传话。

"走到篮球场的时候，我会刻意去看有没有他在打篮球的身影。练八百米的时候，我一圈又一圈地跑下去的动力，只是为了看他在足球场上与人鼓掌庆祝狂奔的样子。光是买拍立得的相纸，也许已经花了几百块钱了，在不知不觉中，我拍了一相册他的照片，全都小心翼翼地藏在我的手账里。

"我知道自己喜欢得太偏执了，活得像个偷窥狂。知道他几点会进校门，第几节课课间走进小卖部，喜欢吃麻辣烫还是吃牛肉粉，可以观察出来他每个月几号去剪头发，为了他去参加他所在的社团（尽管毫不喜欢），常常为自己卑微的喜欢而感到难过，可是依然忍不住去观察他的眼睫毛、头发丝……"

自信说不下去了，她趴在床上，紧紧地搂着霏霏的手，"为什么？为什么我遇到的美好都难以把控？为什么我放在心底，以为自己放下的东西再拿出来时依然情绪激动？为什么我成了现在这样的一个人？"她把头埋进枕头里。

那天晚上，令一见到了一个十六岁的女孩子，为了一段逝去的暗恋，流下了最伤心的眼泪。

校队开始训练了将近一个月，自信和令一作为新高一舞蹈队的队长，负责舞蹈队日常的训练和准备第一次的专场表演。跳中国舞的女孩子大都不像自信和令一，她们很内敛慢热，她们胆小地推拖着不敢站在第一排，特别是第一排的中间位置。但到了后几排，她们又试图变得突出，浅粉色的小舞鞋也开始往中间位置挪，每个人心里都很想被看见。于是换排考核的时候，也有平时说话声音轻轻的，跳舞时眼神乱蹿的女孩子站出来说，你能不能指出来我的问题，我真的很想上台……

高二的队长，是一个看起来相当耀眼的女孩子，她像一个完美女孩一样，把霏霏的成绩与家世，令一的性格和脾气，自信的容貌身材结合起来。她在高二的人缘很好，也经常在朋友圈里分享自己弹琴跳舞的视频，算是收获了一小批粉丝。

学姐跟宋智明关系很好，常常放学后一起遛操场，下了晚修一起回宿舍，考完试一起去玩密室逃脱。可她跟自信是一个初中的，不过就比自信高了一届，自信实在是没法跟她装不熟。

令一就是看不惯她，倒不是因为觉得她不够专业当不了队长，而是她一方面描述着高中的生活有多么枯燥无味，压力有多么大，说是要以过来人的身份给她们打预防针，像知心姐姐一样关心她们遇到了什么问题；另一方面，又试图去描述自己已经混得顺风顺水，带着一点点炫耀骄傲的意味。这让令一很不舒服，她不喜欢这样装着成人腔来讲大道理的人，人和人之间本来就不同，各自注定要走不同的路，何必总是要把那些毫无价值的经验挂在嘴边呢？

回到宿舍给霏霏讲了以后，霏霏最不喜欢的，是她们对高二队长"完美女孩"的称号，"什么样叫完美女孩？你能看见的成绩、家世、外貌、性格、男朋友、穿衣品味等等都很好，就可以叫做完美女孩了吗？用肉眼可见的标签去定义一个人，是多么狭隘啊。"

"可是我连标签定义的都做不到，怎么超越呢？"自信问她，她只是有一点嫉妒学姐，她就像自信努力的一个影子：漂亮的皮囊、精致的生活、以自己为核心的社交圈、有头有脸的舞蹈队队长、成绩不错、有许许多多人羡慕……

"错！如果真的有完美女孩，你就要相信就是你自己的样子，其他任何人都没有你好。"霏霏跟她说道。

自信的自信是被大众所定义的，她会在意别人的看法，以及自己给别人留下的印象。她试着不断改进自己，可依然禁锢在一条平淡无奇的道路上。

那天训练结束后，大家都走了。有的去跟高二队长一起吃饭去了，整间舞蹈室里只剩下自信和令一两人。

"自信，你跳舞时在想什么呢？动作连着错了好几个，队形也没站好，老师说你个子高，在第一排跳错动作太明显了。是膝盖的伤又疼了吗？"令一拿着两盒泡面走来，她们作为队长，每次都是来得最早，走得最晚。有新的任务时，她们要负责"扒视频"和教学，等教学结束以后，她们负责排队形，盯彩排，抠动作……

"我感觉自己，突然间不会跳舞了。"自信低下头说，"就是觉得怎么跳都不顺，可能是没办法尽全力把动作做到位，所以觉得处处别扭吧。"她还是低着头默默想着什么东西。而这种情况已经持续了一段时间了。

"欸，你是自信姐姐啊，是坏了一个膝盖照样碾压我们的人啊，你都不知道有多少人来找我要你的微信。还有好几个月才到专场，你会打开这个心结的。"令一安慰她，自信在舞蹈室里经常不太高兴，许多队员也不太敢找她主动说话。

"谁？谁要我的微信？你快点给呀，是舞蹈队的吗？还是在窗边看到我曼妙舞姿的学长？"她突然来精神了，抬起来头："来，扶我一下，我们要一起走啊，去看学长啊。"

她又是这样转移话题。

令一看得出来，自信心里挺焦虑的，她把舞蹈队看得很重，能把一个不那么专业的团队带得有模有样，这离不开她的专业能力与社交能力。自信也许会有很多个迟到的晚自习，也许会抱怨很多次她的男朋友惹她生气，可她是会最早到舞蹈室的人，会为了排训练计划挂掉最重要的男朋友的电话，会在宿舍里无时不在练基本功，耗腿耗到深夜。所以当整个团队总是出不来成果，她们已经没有资本耗时间，还因为她个人原因而拖累团队时，她的心犹如在刀刃上行走。

这点倒是跟宋坊很像。宋坊曾经来问过她，在高中应该怎样取舍学习与篮球。那个时候令一回答他："你就算真的放弃打篮球了，你也不会拿这个时间来学习，你应该了解你自己，不是一个可以像安泽那样坐在座位上学十几个小时的人。况且你将来想要做的事是建一个自己的篮球俱乐部，当老板，那你要成为一个不懂球的篮球老板吗？"

自信说到这里的时候，看见宋坊很感激地看着她，那样的眼神只出现了一下，就被他的坏笑取代："我不懂球？你开玩笑，我一定是所有俱乐部里最懂球的老板。哎，尽管我爸爸曾经给我立了一个篮球梦，又亲手碾碎了他，但我还是挺感激他带我接触了篮球。"过了一会儿，他接着说："嘿，就是我不爱学习，我要是像他们那样学习，那还说不准谁比谁厉害呢。"

她站在门口，开灯，关灯，开灯，关灯。想着想着，她又重新走进了练功房，启动电脑主机。

"虽然觉得你水平，啧啧啧，但是还是帮我看一下，到底是哪里出了问题？"她对令一说。

令一佯装生气，她赶紧上来哄，又开始拿宋学长的事情打趣。

令一看着自信强颜欢笑地拿宋学长的事情打岔，心里感到挺心疼这个女孩子的。

那天晚上的日记中，令一记录了在舞蹈室时的揪心：

　　这就是青春期吗？现在的我们还无法做到像成年人一样，变得事事都学会隐藏自己的内心与情绪，可是我们在一点点模仿，成为像成年人那样一点都不好的样子，说阿谀奉承的话，答应下来自己不愿意做的事，一切都是为了生活而步步退让。假装自己毫不在意，用过度的外向来伪装一个外壳，却不是发自内心的阳光了。她写着，越写越难过，原来我们，也在慢慢远离真实的自己。

"回来这么晚，去哪里了？今天你的班主任给我打电话了，说你成绩倒退得很厉害。是怎么回事？"自信的妈妈见自信又是大半夜回家，放下手里的手机，坐在大沙发上开始质问她。

"不关你的事，我要睡了。"自信准备戴上耳机，带着她购物回来的大包小包走向她的房间。

"你再这样，我不会给你一分零花钱了。"

"不给就不给，我去找我爸要，反正今天买衣服都花光了，让他赶快打钱给我。"

"你爸不在家的时候，这个家还是归我管的。"

"你还知道要管啊，我以为你跟我爸就是个 ATM 机呢。"

"你……"自信的妈妈气得说不出话来，"我们每天在外面那么累不就是为了你的未来吗？你这是在葬送你自己的未来啊！手机给我看，我要检查你每天都在跟哪些人鬼混。"妈妈上前去抢，自信不给。

　　他们的家庭条件在深圳算不上富裕，勉勉强强买了房和车，供得起一个孩子的教育。自信的姐姐最先从老家来深圳，本是来投靠朋友的，朋友却几乎是同时离开了深圳。她孤身一人在深圳搬了七八次家，搞销售，从城市这头赶到那头，又匆匆忙忙地在天黑时赶回来，算把这座不大的城市跑熟了。后来在关外租了房子，骑着小电动，养一只猫，因此生活成本也很低。姐姐说："那个时候的深圳就是这样一个城市，倒闭了的一家公司，在半个月内，又开了新的餐饮公司；一家老板还没放出来，就已经有要重新崛起的势头。在深圳，也遇到过很多坑，报过几次警，但也长了不少心眼，能扛过来，便安然处之。"自信的姐姐曾说："我喜欢这座城市的自由。虽然我买不起房，可能会在某一天离开它，但是我喜欢它的蓝，它的晴空和温暖。"经过姐姐的数年奋斗，后来他们全家才搬了过来，拿到了深圳的户口。

"拜托，您看看几点了，我是真没精神跟你吵了，赶紧睡吧，明天还要上学呢。"自信不耐烦地说道。

"把你耳机给我摘下来，我跟你说话呢，什么态度。"妈妈冲着快步回屋的自信喊道。

"今天晚上，我说什么也得查她手机，得看看她今天都跟什么人出去玩了，每天都在跟谁聊天。"自信的妈妈心里想着，不情愿地回到自己房间里。

自信并不困，她关了灯戴着耳机刷电视剧，从她熟练的动作中不难看出这项睡前活动已成为习惯了。门外的母亲听见屋里没什么动静了，以为自信已经睡了，打算开门偷手机。

自信的父母不在意她的同时，又会很苛刻，强势地介入她的感情，阻止她交网友，阻止她与男生交往，口口声声威胁要打断她的腿。自信当时是这样跟令一说的："我妈跟我说我考到年级前二百，她就满意了；我考到了一百八，她说我为什么不能努努力进一百五，当我进一百五的时候，学习学到都没时间把练舞蹈积的病给治了，她又说我怎么不当前八十……前十……第一……我就是做什么她都不满意。"

"妈，你想干吗？"自信突然大叫。

"自信，你大半夜不睡觉干吗？"妈妈也被吓了一跳，"你躲在被窝里玩手机？"自信妈妈立刻冲进去揪着她领子把她从被窝里拽出来。

自信一米七的大个儿比妈妈高一头，显得妈妈特别被动。

"你拿手机干吗？聊天？"

"我看电视剧呢，一会儿就睡了。"

"我不信，你给我看。"妈妈见自信把手机藏在被窝里，立刻掏出自己的手机要打电话，"我打给你爸了啊。"

自信比较怕她爸，毕竟他掌管着她的所有零花钱和生活费。

"我给你看还不行吗。"她不情愿地掏出手机，输入指纹。

"霏霏？令一？你跟他们聊天是在带坏她们，人家要正儿八经的学习啊，"妈妈很诧异，"你明天就得给她们道歉，不然我告诉你班主任。"

妈妈继续往下翻，看到了一些她都没见过名字的人都跟自信聊出火花："tree 是谁？你们有巨轮？宋智明学长和宋坊又是谁，你们都有小船了吗？"

"不行，这样肯定不行的。你看你们聊的什么东西，太隐私了吧，这都是些什么男的大半夜的不睡觉。"自信妈妈把聊天记录全都截图发给了自信的班主任，又自作主张把那些聊得频繁的人的 QQ 和微信都删除了。自信看着她的动作非常暴躁，却又不想再吵下去了，发就发吧，习惯了。

"明天你的手机放我这，我要把我的指纹录进去。"妈妈见自信不让的表情，"不然我就给它锁起来你永远用不了。"说完她又环顾房间一圈，没收了其他电子产品。

"赶紧睡觉。"她丧着脸，抱着一堆东西指着自信。

"你总是一个人来来回回这么远，不累吗？不害怕吗？"三人往地铁站走，准备一起去自信家。自信知道自己的母亲不喜欢同学来家里，但昨晚与妈妈吵完架后，她偏要邀请她们来做客。

"习惯就好，有时候觉得自己已经老了，跟那群科技园的家伙挤地铁，都把我挤成壮汉了。"自信自嘲道。

"也是，你看你壮实的"。令一敲了一下自信的手臂肌肉。

"你是不会希望过我这样的生活的。我的父母，从我二年级以后就不管我了，他们把这里当成宾馆一样。我从那个时候开始做饭，给他们做饭做到现在，他们也不会像其他家长一样夸夸我，疼疼我。现在我上了高中，觉得每周见不到我了，就想控制我了吧。"

三人刷了地铁卡，自信自如地穿过下班高峰期时疯狂的人群，霏霏费了好大劲，才挤上了地铁。

"包背前面，手机先拿出来，放口袋里，我一会儿给你发信息。"自信在霏霏上地铁前大声地提醒她，只是不知道她听没听见。

"若把地铁里的人们比喻成一个个分子，那么一个车厢里动来动去的人可以证明分子中存在间隔。"自信心想，又突然摇了摇头，学习学得魔怔了，满脑子都是物理。她向旁边看了一眼，不出意料地发现瘦弱的霏霏已经被挤到其他地方去了。

霏霏感觉自己裤兜震动了几下，她努力想找个把手扶一下再掏手机，但是完全没有她可扶的地方，心里觉得很是窝火，真想一下子把人推开，自己找个地方支撑。她把手机掏出来一看，是自信发来的消息："相信他人。"

霏霏把手机放回口袋，尝试着在忽快忽慢的列车中找到平衡，这种感受她以前从来没体验过，让她有些害怕。一堆人里，相互依靠和扶持，挤得越紧才不会摔。

过了六七站，终于到了。踏出车厢的那一刻，霏霏松了口气，她还是不适应。每天挤地铁已经习以为常的自信，看见不远处浑身不自在的霏霏，不禁笑出声来。

"我们快点走，带霏霏出去呼吸呼吸新鲜空气，看你这怂样。"自信说完，故意放慢了脚步，霏霏只好使劲推着自信的书包，逼着她快点走。

两人出了车站，到了离市中心稍远一点的地方。

"你家到底在哪儿啊？这么远！"霏霏跟在自信后面走了好久，才想起来问。

"学习那么累，走一走放松一下还挺好的。我看，过一会儿还是叫你爸来接你吧，别去挤地铁了。"她回头笑着说道，突然一顿："哦，邻居放假出去玩了，我们没有饭吃了。"

"邻居？"

"我初中的时候是走读生，回家晚，菜市场的菜都不新鲜了，就让隔壁的保姆每天早上帮我买一些菜放冰箱，我把家钥匙给了她。"自信解释道。

"那你不怕家里的东西……"霏霏还没说完，就被打断了。

"你别这么老气行不行，隔壁阿姨人很好，再说了，我家这么空荡。"自信开了门进去。

霏霏是第一次来自信的家。一面墙壁是镜子，另一边有把杆，角落里放了好几个小柜子，柜子上最高的一个小格子里摆着一个玻璃缸，里面装了三分之二的清水，令一以为她想养鱼还没来得及买，自信摇摇头笑着说："这里面什么都不装，就装水而已。"

其实，自信也不知道为什么要留着那样的一个缸，或许已经成为习惯了。一个人的时候，窗帘拉得紧紧的，空旷的房间里没有开灯，跪坐在地上的自信在四面宽大的镜子中映出重重倒影，夏季的清香与欢快都不欢而散。她会捧着装满清水的玻璃缸，颤巍巍地将脸颊贴到冰凉的缸壁上，眼神中更是弥漫着眩晕与虚妄，如置身于梦境之中，重回那个岁月里：耳边悦耳的童声余音绕梁，台下人的阵阵掌声中有羡慕与钦佩，使她小小的虚荣心瞬间爆棚；她又闻到每次演出之后，她的妈妈都会笑着给她做的那碗老北京炸酱面的香味，她喜欢顺时针搅一圈酱之后，再撒上一些凉黄瓜丝，逆时针接着搅拌一圈，此时酱就紧紧地裹着面了；此时她的老师会端上一盘他亲自下厨做的烤鸭，外脆里嫩，金灿灿的外皮闪着光；她还看见在一旁眼巴巴看着的同学们，哈喇子都快流出来了。

自信笑出声来，又小心翼翼地给玻璃缸换好水，放回架子最高的隔层上。

是的，玻璃缸中仍旧盛有三分之二的水，一如既往。

"那些柜子里还有什么？"令一指着另外几个问。

"大部分都跟跳舞有关，像所有穿过的舞蹈鞋，珍贵的视频资料啊，证书和奖牌啊，哦，还有一些生活用品。我在这里练功，里面是卧室和洗手间，厨房在镜子旁边的那个帘子后面。你可以参观参观，没啥好款待你的，很抱歉哈！"自信仍然用轻松的语气说着。

自信是一个过早成熟又渴望被呵护的小女孩，她其实什么都不懂。也许是家境不同的缘故，她理解不了令一自己自娱自乐的世界，理解不了霏霏的隐忍、执着和坚强，也不知道这两个人每天到底在思考什么、追求什么。当然，自信也想要有一些自己的追求。说到底，她们似乎都有一个憧憬的蓝图，都有一个如何去实现它的构想，而她却相形见绌，显得空虚了许多。

"那你买了那么多的东西都在哪里啊？"令一问。

"放我爸妈房间了，以前喜欢练舞的时候，哪有功夫买衣服看剧呢？现在不太练了，买多了的就跟我妈合用了。"

霏霏忽然觉得有些难过："所以你并不喜欢那些潮牌衣服吗？"

"不太喜欢，但我看大家都这么穿，我也就买了。还是我穿帅，是吧？"自信从厨房走出来，她做了很简单的小炒肉和凉拌木耳："你等一下，汤很快就好了。哎，你手里拿的什么？"

霏霏手里拿着一张照片，是放在床头柜上的，自信走了过去，把照片夹进一本影集里。

"原来你在看这个啊，这是之前演出的照片，你看那时候我多瘦啊，那大长腿。"她回想起当时的情景，笑得停不下来，"你看，这一整个集子都是我之前跳舞的照片。从群舞到双人舞和独舞，这是我们团去慰问老人时演出的照片，这张是我们在区里艺术节跳的一个开场舞，这张是在春晚做舞蹈群众演员，那个时候好小哇！后面的这些都是自己拍的艺术照，我自己编的一些小舞。你自己看吧，我就不给你翻了。"

霏霏没有说话，只是看了她一会儿，好像是理解了，又好像没有理解透。自信没有走开，就是站在旁边笑啊笑啊，也不说话了。那些相册里记载着美好的笑容，此刻她却流出了眼泪。

小时候自信是跳芭蕾舞的。可是对于那一段历史，好像谁都不记得了。她可能不到十岁的时候就跟着一个青少年芭蕾舞团演出了，与他们一起训练，一起演出。外面的世界不像镇了那般清静，她寄宿在其他人家中拜师学艺，梦想着有一天能跳到主舞的位置。可她年龄偏小，身体尚未发育完全，有一个上台的机会便是难得的。她日复一日汗流浃背，不敢稍有懈怠。

终归时光不负人。她在青年组比赛中破了纪录，一战出名，这才得以展现出了自己的潜能，一直跳到了团队中主舞的位置，得到了更多的机会。在一次次巡回演出后，她得到了越来越多的关注和支持，变得越来越自信，很少感到怯场了。她热爱舞台，享受万众瞩目的感觉，她学习舞蹈编排，参与到服装制作和宣传之中，大概也成为了一个小小的芭蕾舞星。

舞者翩翩起舞时白纱层层、洁白如玉，而自信正好喜欢下雨天，于是她的艺名便叫做玉滴，谐音正巧是雨滴。她喜欢雨滴掉在地上的声音，正像是旋转时鞋面与地面细小摩擦时的声响，微弱的、柔和的、清脆的触感，正是她喜欢春季绵绵细雨的缘故。

多少人羡慕她身体的柔软和超强的控制力，在一块块肌肉力量的背后，是她入行之前从未想过的苦日子。自信深刻地明白所谓站得越高跌得越疼的道理，她从不曾向人提起那些令人辗转反侧的疼痛，亦或是漂亮舞鞋内伤痕累累的一双丑陋的脚。

这算什么呢？这是所有芭蕾舞者的必经之路，欲戴皇冠，必承其重，有舍才得。在她稍稍停歇之时，她渴望着不再听到城市中的喧嚣，但她不能回家啊，后台、练功房与舞台才是她的三点一线。

十二岁的那年，她离开了艺校和舞团，进入了一所普通初中。进入初中，她靠着从前的功底重新开始学中国古典舞和民族舞。

是她太心急了，年纪小小，却过度消耗自己的身体，导致她在舞团里积累了许多疾病，如急性的突发性扭伤或肌肉拉伤，慢性的筋腱伤，反反复复的关节扭伤，轻则是微裂，重则需动手术……由于芭蕾舞中大幅度的旋转，多次髋臼边缘撕裂被诊断为肌腱炎，这种撕裂就像膝盖上的拉伤，经常在剧烈运动后有间歇性的不能动的情形。所幸髋臼边缘撕裂被一良医治愈后，还一直在观察中，但那日益增加的腹股的疼痛感让人不可忽视。新伤旧伤重重叠加，她被疼痛压抑得有些抑郁。

膝盖的软骨是伤得最重的，一直没有治好，所以膝关节半月板和软骨常常开裂，且程度有轻有重。在特长生考试时又伤了膝盖……她好像就此告别了自己走舞蹈专业的可能性。

　　霏霏见到自信好像走神了很久了，便说："你这里还挺干净的，是你自己收拾的？"霏霏转移话题。

　　"你别说，你的小炒肉做得比所有山珍海味都好吃。"

　　"你的汤是不是快好了，哎，去关火啊。"

　　……

　　她看起来像是个木头人一样僵住了，像被抽走了空气一样。霏霏和令一从没见过她这个样子，不免愣住了，霏霏缓过神来自己跑去关了火，给她们盛上汤，吃着安静的晚餐。

第五章

令一的日记

不做不可及的梦，这使我的睡眠安恬。避开无事时过分热络的友谊，这使我少些负担和承诺。不说无谓的闲言，这使我觉得清畅。我尽可能不去缅怀往事，因为来时的路不可能回头。我当心的去爱别人，这样不会泛滥。我爱哭的时候哭，我爱笑的时候笑，我不求深刻，只求简单。

——三毛

安泽跟我，我们在一起当班长的时候聊了很多话，在学校成了偶尔一起吃饭的朋友。我们聊到了学习。我说："我认为英语不应该只是工具，而是用另一种方式来表达内心的悸动，有很多很多的话也许我无法用中文说出来，却可以用英文轻而易举地表达，这样的转化常常是微妙而有趣的。由语言开始，好像开辟了一种全新的文化，当地的习俗不断吸引着我。最后，当我融入到那种生活方式里时，我满心雀跃于它丰富了我的世界。"

接着，他开始讲起了一种不可思议的物理知识，它远不像在学校学得枯燥无趣，为了让像我这样的文科生听懂他的话，他从光是可以转弯的，质量足够大的物体是可以扭曲时间和空间的，讲到黎曼的单复变函数，再讲到欧拉一年能写上百篇数学论文，再到科学家间各种各样的小故事：华罗庚、苏步青、杨振宁和李政道……最后，他发现我好像最感兴趣的是小故事时，他笑着说要回去好好准备准备，这样以后可以有更多的小故事讲给我听。

当他讲起真正热爱的东西时，眼睛里闪闪的，我第一次发现原来一个人也可以这样发光。

他告诉我，厨师把筷子插入龙虾体内，说是放尿，其实龙虾排尿器官在脸部。筷子实则直接捅到了心脏，流的是血。

鹿茸是鹿换角时掉下来的，可以吃；但是熊胆，则是把熊关在一个极狭小的地方，使他不能自由活动，然后将一个特殊的漏斗插入他的胆囊，只要熊活着，就会一直有胆汁滴出来。

我的心也跟着被揪起来，他还讲了很多很多：鹅肝，西藏偷猎的可恨的人，驴肉火锅，马戏团，动物园，海洋馆……讲杀鱼的时候应该怎样直接扎进它的神经系统，使它毫无痛觉地死去；讲实验室解剖老鼠之前，要花多少心思养活一只实验鼠，讲他们打麻药前心里的挣扎，以及每一个人的默哀与内心神圣的感激。

说到最后，他特别气愤："我觉得人在食物链顶端，吃动物也无可厚非，但为什么要这么不堪？"

说着这些的时候，我见到他那双眼睛里，是对生命的满满的敬畏感。他喜欢把自然的话题挂在嘴边，走到哪里好像都有无数的有趣的话讲，走着走着又开始思考问题，嘴里念念有词地说着："我的使命就是发现问题，然后解决问题。不可能有可以阻拦我的问题。"

......

有一次生涯课上，老师让我们画一个自画像，我画了一片孤寂的海，海的中央漂着一只小木船，天空中洒着零星小雨。我犹豫了很久，最后还是没有画我想象中的小岛。

自信画了一栋粉红色的大房子及里面的二十一个帅哥保安，一辆辆超跑停在花园门口，楼顶正开着泳池派对，她说她想要的生活便代表了她。

霏霏一开始不肯给我看，后来只给我看了下半部分，她画的是一排赤脚的孩子。我问霏霏这是什么，她说等她准备好，她或许会告诉我的。

下课后，我跑到安泽的座位上，我说我想看你的画。

安泽把它卷起来递给我，我小心翼翼地摊开了整整一张 A3 大纸，出乎意料地看见他只画了一只桨。

我正看着旁边的配文，宋坊的大脑袋凑了过来，安泽猛地抽走了。宋坊问他："为什么可以给她看不给我看？"

安泽愣了一下，特别真诚地看着他说："因为我们是革命友谊。"

我不知道该怎么描述那个画面。

真的，好像没有什么词语可以形容。

就在那一刻，我觉得安泽成了我的好朋友，很坚定的那一种。

下课时我走过拐角，他站在那里接水，正好抬眼看过来，手一哆嗦，水柱打在他的杯沿上，溅得到处都是。

我说："看到我这么激动吗？"他没说话，很腼腆地从我身边走了过去。

我看见他身后的一片云，像是天空在呼吸。

"你来上学干什么呢？学校教的这些东西都会了，你在浪费时间啊。"中午吃饭的时候，我调侃他。

"嗯……来见见人？我也觉得没意义，不过如果我不来上学，可能就更内向了。"安泽说着，他吃饭很挑剔，要把肥肉、蒜和香菜全挑出来。

"但是，你见到他们，你又觉得他们很媚俗，也不和他们一起说话，依然是孤独的啊。"我突然看向他的眼睛，他丝毫没有躲闪，我们安静地凝视着彼此。

过了好一会儿，他才说："也不是这样。如果我不说话其实只是表面孤独，但是我跟他们说话，是我的内心孤独了。我更不愿意接受后者。"

安泽看我半天不回他话，又小声问了我一句："是吧？"

我点了点头，没有再说话。我在想我自己，我那么爱讲话，也算一个表面孤独的人吗？可是我也有我很喜欢的世界。在我的精神世界里，也摆放了很多个瓶瓶罐罐，每一个里面充斥着我热爱的每个瞬间，拧开瓶盖时，我依然可以感受到当时的触动。

我已经记不清我们是怎么一点点熟悉的，但是我印象很深刻的是他后来补充了一段话，是一段听起来好像很突兀的话。

他说："可能因为自己不够厉害，有时候感觉大家都很厉害，就觉得自己没价值。又在怀疑小人得志中撕裂，写隐晦的东西也没人理解，然后看着自己和自己身边的美好事物溜走，自己却无能为力，感觉很无能，然后回头看，才发现自己早就不是自己喜欢的样子了，变得恶俗且猥琐了。"

我听到这里的时候，好像愣了一下。不对，我愣了很久。

我第一次感受到了进入高中以来从未有过的触动，好像是什么东西打碎了我的保护壳。我接着问他："那，你喜欢的自己是什么样子？"

"其实很简单，爱自己所爱，行自己所行，想自己所想，无畏世俗的希望，做我在意的东西。"他很认真地看着我说。

"我觉得你在朝这个方向走啊。而且这是很主观的感受，你觉得自己达到了那就达到了，很难找到真正的衡量标准吧。"

"是吗？"他低头问我，乖乖的。

"你已经算很特立的人了，知道自己想要什么。"我发自内心地说道。

小小的一段对话在我早已麻木死去的心中落下一小滴雨，安泽突然变得不可捉摸地特殊起来。他用他的世界，好像温暖了我想象中永远冷漠与理智的理科生模样。

安泽和我，我们相似地隐藏在众人中，我们都不会玩游戏，不会追那些时髦的东西，也不会打扮自己。他常常很排斥与女生打交道，他不喜欢男生那些激烈冲撞的运动，我不喜欢女生那些激烈冲撞的言语。用安泽的话来说，我们不会刻意讨人喜欢。不知道该怎么经营自己的朋友圈，没有清新的文案，也没有漂亮的照片，不习惯把生活放在朋友圈里，也不认识那些知名的人物，好像怎么看起来都格格不入……

一个初中的好朋友跟我说，上高中以后，我就像凭空消失了一样，成了列表里的失踪人口，连节假日也几乎不发朋友圈，不让他们知道我的生活是什么样的。可是，我只是不知道，这样把自己的生活放在网上，让大家点赞评论的意义是什么。

"曾经有女孩子喜欢过你吗？"我好奇地问道。

"有几个曾经很隐晦地通过别人来表达，不留回话的余地。"安泽回答道。

　　"你说，喜欢是一种什么样的感觉呢？"

　　"雀跃，跟对方在一起就很开心，可以没心没肺地一起哭笑。"安泽猜测道，他并没有经历过青春期的"喜欢"，宋坊倒是跟他说了不少，可如果爱情只有那一种模样，还有什么可谈的呢？

　　"跟朋友也可以一样雀跃啊。"我回复道。

　　后来，安泽问我觉得情鸟是什么。我说青鸟，他笑我，说青鸟是虚构出来的。不过他挺高兴地说，至少我没说是鸳鸯。

　　"我认为是丹顶鹤。"他坚定地说。

　　"有些人相信鸳鸯是情鸟，但鸳鸯求偶时会换上花哨的羽毛，只是徒有其表，有一个动物行为学家把这些动作分为四种：元宝、军舰、出水、引吭。可他们只有一小段时间形影不离地黏着对方，可他们的配偶一年几任，等他们秋季换上丑丑的羽毛就真的变成鸭子了，好像他们活跃的意义就是为了求偶一样。

　　"可是丹顶鹤是不换羽求偶的，他们很潇洒，不会为了求偶去优化自己的外表，大概是看得顺眼就行，可是他们会跳求偶舞，是很静谧，很优雅的。有些丹顶鹤会因为跳舞难度极大跳到力竭而亡。他们不会很草率地求偶，会等很久很久，所以他们的一生只有一个伴侣。而且，每一支求偶舞都是不一样的，所以其实人类看到的每一次求偶舞都是最后一次上演。

　　"我曾经去过一次高原湖，那是我第二次见到丹顶鹤，有一只大概在捕鱼，然后失手了，带起来了一个棕色的东西，然后它发现我了，就飞走了。

　　"他们不会像普通鸟一样成群结队，有群体但是不会沉湎其中。

"他们拒绝人类靠近，只吃活鱼，很能飞，很自由，也很有骨气，很能直面地应对天敌。"

他笑了笑："所以，也不只是情鸟，算是我很喜欢的一种状态吧。"

我也朝他笑了笑，当时的我完全没有意识到自己笑得有多开心，我们就像两个好奇的小孩子，偷偷看着旁边新搬来的邻居，观察他喜欢玩什么玩具，是不是也喜欢吃意大利面，想不想一起踢足球……当我打开窗户给栏杆上的小野花浇水时，我忽然看见一直寻找的那个邻居同时也在笑盈盈地看着我。我突然间很感叹，感慨当我们活在自己的世界里时，突然挤进来一个恰巧跟你有着相同花园品味的小朋友，他也会早起浇水，是很有趣的事儿。

我躺在床上，回忆我的一天。对面操场上的光照在玩偶小鹿身上，它的眼睛睁得大大的，应该是想听我讲故事。

早上醒来时是满屋子的橘色，之前每天起床都是清冷的，可今天迎接我的是淡淡的暖色。我打开寝室门，想着安泽在哪里呢？我们应该一起看彩虹的。

中午的时候，我们一起坐在楼梯间看山，看朦胧的山。山是青色的，天是灰蓝色的，一团浓郁的云悄悄从山顶上褪去，露出背后微薄的橘。远处的橘是被稀释过的，不均匀地涂抹在山脊周围，它们好似被山林里的雨晕染开了，一点点地蔓延而开，与若隐若现的雾交织在一起，愈发显得朦胧了。

我伸出手摸从墙壁上滑下来的水，然后趁安泽不注意全甩到了他脸上。

闹够了，他接着昨天的话题说："昨天没有跟你说完，我觉得余华的书，对性有近乎偏执的描写，却不恶俗，它有一种难以名状的凄美和哀而不伤的风流。真正的大作家写的性描写和网络上的很不一样，我还记得有一个人写了《傲慢与偏见》的续写，叫《彭伯利庄园》。他把达西那样美好的情感，赘述了太多的欲望，感觉就成了一本低级的言情小说。用刺激的剧情来使人兴奋，又在兴奋背后带来一阵阵恶心。这些书本身具备很短暂的吸引力，然后很聪明地利用了人们'明明知道他们无意义，毁灭经典，却还是忍不住读'的心态，越写越畅销。"

我们惊喜地发现了在看书上的一致，我们都很爱丰子恺的画，爱汪曾祺的文字……于是常常用"今天聊什么书？"作为对话的开头。

我笑着问他："你喜欢的书好像都是带自己影子的。"他喜欢那些一生中热烈地痴迷于什么的人，可以是一个物件、一面风景、一位特殊的人，也可以是一种使命。他语无伦次地讲着，却怎么也讲不明白他是喜欢那样的执着、单纯，还是说不清、道不明的一种感觉……

"不一定，但是会偏心很多。"他回答道，"你呢？"

"我喜欢那种书里写自己所没有的性格的人物，我有一颗很幼稚的心。我最喜欢罗尔德达尔，《随风飘来的玛丽阿姨》，凯斯特纳……"

他激动地看着我，说自己也是。

我发现我们说话的时候，也很喜欢看着对方的眼睛。

我接着说："我其实一直不大喜欢看写很多复杂人性的书，那些被撕碎的现实，看一遍就要重新思考一下世界，然后想来想去还是想不明白。所以，活在自己幼稚的世界里挺好的。"

我想起来童年时有很多喜欢的书：《要是你给老鼠吃饼干》《向上跌了一跤》《城南旧事》《窗边的小豆豆》《纳尼亚传奇》……

他笑了笑，"其实这样也很好啊。于我而言，这是没有勇气开始，但也没有勇气结束。看了人性复杂的书就停不下了，就像纳什说的，'像是肥胖的人控制着自己的饮食，我谨慎控制着自己的情感与想象，但是又依赖它生存。'"

我止不住地去想这句话有多么美妙，控制情感与想象……

"你知道吗？我第一次参加比赛是在五年级的时候，区里有一个演讲比赛讲最喜欢的书，我讲了凯斯特纳的《五月三十五日》，区里一个女孩子讲了《红楼梦》，我拿了最后一名，她拿了第一。可是你说，五年级的小孩子真的看懂《红楼梦》了吗？讲明白了吗？

"我爸当时很生气，气得上蹿下跳地大声跟评委理论，说'少不读红楼，老不读水浒'，为什么要让那么小的小孩子去看透世态炎凉？当时，我不知道该不该劝我爸别吵了，老师也都不知所措。

"你说，当时所有人都在推崇这个年纪的小孩这样'少年强说愁'，伤怀风月。

"少年时的愁绪，是长大了变麻木了，还是活得更逍遥而不在乎了呢？"

与安泽讨论这些时，我才意识到有太多书看过了却记不住它的内容了。

我仔细地想了想，大概是我很排斥看那些书时的自己，所以就一起删掉了很多记忆，包括做的事，看的书。我一直在逃避一段我不敢面对的时光……我把它们记在我那长长的一排上了锁的日记本里，挂锁的皮筋粘在本子上，已经泛黄拉不动了。

等我经历了漫长漫长的青春期之后，我读到了马德在《允许自己虚度时光》里的一段话，内心久久不能平静：

"我慢慢明白了我为什么不快乐，因为我总是期待一个结果。看一本书期待它让我变深刻，游泳期待它让我一斤斤瘦下来，发一条短信期待它被回复，对人好期待它有回应，写一个故事、说一个心情期待它被关注或被安慰，参加一个活动期待换来充实而丰富的经历。这些预设的期待如果实现了，就长舒一口气。如果没实现呢？就自怨自艾。可是，小时候也是同一个我，用一个下午的时间看蚂蚁搬家，等石头开花，小时候不期待结果，小时候哭笑都不打折。"

小时候不期待结果，小时候哭笑都不打折……

小时候是什么样？安泽说，他以前认真地想过当一个考古学家，我想起来我那时候也很热衷于挖东西、埋东西，想未来一定要找到它，但却早就忘了埋在了哪里。

他说他小时候去问大人们，豆子为什么要去角？大人们面面相觑。他问我，我也一脸茫然。

他说："因为豆科植物一般有毒，毒素基本集中在两个角上。可能就有很多这样的事情，这就是我自然科学的启蒙。"

我莫名其妙地因为这一段话感到很高兴，可能是从来没人跟我说过这样的话吧。

他说他爸爸会买一大堆科普书回来，亲戚们都笑话他爸，觉得两三岁的小孩子什么都不懂，他也不会读给安泽听，但是小小的安泽可以坐一整天仅仅翻翻书。

"后来我好奇的问题就会去问，大概八岁的时候我问的问题就有很多我爸也回答不出来了，然后我就自己看，接着又发现什么都不懂的是亲戚们……令一，你小时候是不是也巨安静？好动但是不说话的那种。"

"我想想，我应该是很爱笑很爱表达自己的，但是自己一个人的时候就特别安静。我妈妈说我从很小的时候开始写东西，把自己闷在房间里几个小时，暴躁地不允许任何人推门，我还真的在门上挂了'闲人勿扰'的牌子。我喜欢在玩娃娃和毛绒玩具时自言自语，这一直持续到初二。就是中午回家一个多小时，绝对不学习，就跟他们说话。一旦碰到了很玩得来的朋友和父母，也很喜欢沟通。在一个人时都是自言自语的，我小时候真的也很外向。"

"去年我去公园爬树，被保安叔叔抓了，一起被抓的还有五个七八岁的小男孩，大概是真的还没有长大吧。"我回答他，原本他吃饭只要十分钟，现在我们一起慢慢吞吞地谈这谈那，愣到卡着宿舍锁门的时点才吃完饭疯跑回去。"

"你是不是那种会摆一堆玩具出来，看了很久才说一堆话，然后再收起来？"

"不哦，不收起来，晚上我要看着他们睡觉，还要一手抱一个哟。那个时候我会跟妈妈说，我抱着几个娃娃，你就要给我讲几个睡前故事，于是我会特别贪心地抱着一大把，把头埋进它们毛茸茸的毛里。我还会跟墙说话，想着里面有个小人，让他坐下，问他你需要什么帮助呢？他一般会说，帮我开发票。然后，我就把在面点王里吃饭的发票给他。"我有点窘迫地看着他。他说他可以想象到，他可真是个怪人，我们明明并不熟悉。

"哈哈哈，有点像我会给沙发打针，每次打完针的注射器我都会带回家。欸，你看过桃花凋谢吗？"

"嗯，我很喜欢捡掉下来的叶子和花，很喜欢看他们腐烂变黑，但却讨厌那些去踩落花的人，好像花落下来就失去了生命一样。"

"这我倒是没想，我只是在想，如果风恰恰好，桃花凋谢的时候都是完好的，它们会直接被风带走，我当时就会觉得他们把我的话带走了，带给了可以听懂的人。"

今天是我的生日，安泽送了我一个棕色的松果，他说是之前见到丹顶鹤时捡到的。

他写了一张小小的明信片，上面写着：

有些人的命运就像两个量子，不可能重合，却也注定将永远纠缠着。

"我觉得自己状态萎靡了。"安泽有些疲惫地告诉我。

"那就给自己放假啊，心安理得的那种，我已经玩了一周了，玩得我现在特别愧疚巴不得自己去学习。不瞒你说，我还欠着周一的作业呢。"我以为给自己放假是一件极其轻松的事，不是只要有一个小小理由就可以了吗？

"我其实很羡慕这种可以给自己放假的魄力，因为我这周几乎都是在书边自欺欺人。"我看着他一直是箭在弦上紧绷着的样子，我都替他感到累。

"哈哈哈，你也有今天，那试一试也不亏。虽然事情越积越多，但我的心态一直是希望我学习的时候，都是我发自内心地想去学，而不是我应该去学。"

我想，虽然我们最终都是为了一个功利的目标而奋斗，可这不代表我二十四小时的一切都为它服务，不代表我做的事全是因为对高考有益才去做。这也许是一个不被认可的价值观，可是比我学习更为重要的是，我还活着。我有我的生活：我读哲学书，我跳舞，我对天空发呆，看星星……我希望我的生活完全来源于我。我是个体，是我的心在放松愉悦地歌唱。这才是我喜欢的生活。

我想起了自信曾问我："你觉得读哲学书对写议论文有用吗？"

我心里很鄙视这种想法，却不想跟她吵。嘴上说着："有用，逻辑通畅多了。"

她说："那好，那我也去找一本。"

安泽说看着没自己水平高的人出路比自己好，心里感觉怪怪的："我感到自己很唾弃考试，但是又依赖它，好像它是自己最重要的事情。而且，越紧张就越不能好好发挥。"我想起来他每次说自己没考好，或是考试前紧张的时候，大家都觉得他是装出来的。实际上，也许那都是他真情的表达。

"为什么考试要紧张呢？要多多鼓励自己呀。我觉得你想事情是不是太复杂了，为什么一定要下定论呢？我觉得自己以前就是想东西很多很敏感的人。唉，说来心酸，我总是遇到那种很刻薄的女孩子，就是那种长得很好看、身材很好、跳舞漂亮但是很刻薄的人。你知道舞蹈队有很多这样的人，而我又属于没学过跳舞的，在她们一众中就我很自卑很懦弱。那个时候我就有点像你现在这样，不想考试，很讨厌考试，可是我好像有除了考试就一无是处的感觉。"

安泽刚想安慰我，我挥了挥手："后来这是一个励志故事，姐姐成为了成绩跟跳舞都碾压他们的人，也就走出了那个讨厌的时段。所以，我觉得你也会有这一天的。"

说到这里的时候，我自己也很惊讶，原来我已经可以坦白地讲那样的日子了。曾经我痛恨的东西在时间的长河里，有一天也会成为我想起来很美好的东西。

"男生也有这样的，成绩很好，打球不错，跑得又快，唱歌好听，看起来比较有才气，但巨刻薄。有时候我就想，我要证明给他们看，给所有其他对不起我的人看；但转念又想，除了我自己，我不需要向任何人证明。还是谢谢你这么相信我。"

我很想抱抱他。在我当时像他一样挣扎时，也希望有人可以不断鼓励我，跟我说很多很暖心的话。

"证明给自己看，这个太对了。我曾经看着周围的环境发现好像每个人的追求跟我都不一样，有的追求外在的浮华，有的追求做群体中最特殊的人，有的追求跟所有人都成为朋友。我很迷茫，我不知道自己应该追求什么。

"可是你知道吗？也就是在那样一个处境里，我发现自己的力量也特别强大，我成为了在他们眼里遥不可及的人，就像他们在我眼里也是遥不可及的人一样。我们活在截然不同的世界里，可那又怎么样呢？"

　　"是不是我不在乎任何人的时候，才能真正做到拼尽全力，这才是真正的自己，后面的安泽只是一个大俗人罢了。"他有些迷茫地问我。

　　"可是，现在也依然可以拼尽全力啊？接受自己是俗人难道不更是拼尽全力的理由吗？"

　　"是这样说，但比如，从现实的角度，我的成绩如果是第一名，我还会再去拼尽全力吗？"

　　我很诧异："成绩好的人就不是俗人了吗？"

　　"不是这个意思，就是说小时候学习的目的很单纯，现在混浊了，混浊的人就不配说拼尽全力。这个说法你接受吗？"

　　尽管在那一刻，我完全不认为他已经成为那样混浊的人，可是突然间我被他这样的话所触动，而我没有能力去描绘那个瞬间带给我的触动与波澜。那些小巧的话，让我想到了很多我热爱的瞬间，他划着他的桨，却在我的世界里荡漾起了水波。

　　我好像，已经很久没有见到一个这样温柔的人了。

　　"嗯，会有走出混浊的时候，你也是很痴心的人啊。欸，我跟你的想法真的有很多很多的不一样，我不喜欢小时候的自己，我觉得那个时候我的人格特别混乱。现在虽然成绩不好，但是至少我觉得自己成了一个让我自己很喜欢的人，成绩好像不是最重要的东西。我甚至觉得，一个下午桌子上铺满的阳光，一个早晨起来吃的撒胡椒的摊鸡蛋饼，带给我的意义比成绩大得多。我的生活由我喜爱的零零碎碎的瞬间拼凑而成，我希望你也是。"

"你这种心态，说明你还活着，而我只是在寻找本属于自己的灵气的孤魂野鬼了。"

"你要是这样想，像我这样的小孩子很容易被分散注意力的，哈哈哈！安泽，你要善于发现生活中小小的心动，然后直面自己的内心，真的。"

"就是活得洒脱一点吗？"他问。

"如果自己跟自己总打架，会很累吧？"（在问他最近一次生气是什么时候时，他说是今天早上对自己很愤怒，可是这样的愤怒，似乎使他更有创造力）。

"肯定，不过对我来说，最撕裂最难妥协的就是自己。其实就像你说的，我们都要直面。"

"你要是愿意写，或者愿意跟我说一说，也不是件坏事吧。我每次写下来之后，都觉得自己逍遥了。"

"逍遥……逍遥……好久没看到这个词了。"

那天晚上，我反复去想那样的触动是什么？我很难读懂安泽是一个什么样的人，我只知道，他是一个对自己喜欢的人和事物有痴心的人，拥有着很细腻的感情，喜欢追求极致的东西，很认真很真诚，很喜欢接受新事物，因此也算是博学。他的世界跟大家习惯的世界太不一样了，而我恰恰很喜欢他有他自己的世界。

说潇洒也好，麻木也罢，我觉得我是一个眼睛里只有自己的世界的人，所以好像已经很久没出现一个人或物，可以打破我的世界里稳定的状态。

可是眼前的这个人，他好像跟我过得恰恰相反，他是一个对生活特别认真而又温柔的人，他带着我一点点去发现另外那个世界的极致与特别。

从自然中来，到精神上去。

他让我觉得，其实我也是一个很特殊的人，有一块柔软的地方被开启了，有一双温暖的手悄悄抚平那个卷起的角。

他处在一种矛盾之中，我说不清。但他正在打破一个又一个的枷锁，又始终处在一种与自我抗争的状态里，他抓狂于太多未知的、无法表达的、无法改变与无法实现的东西，可他不会让别人知道他真实的样子。

而我，原以为自己在任何人面前都是毫不掩饰的真实的自己，现在却开始让我怀疑，为何自己似乎已经麻木不仁、波澜不惊了？

少年时的愁绪，是长大了变麻木了，还是活得更逍遥，不在乎它们了呢？

安泽说："愁绪并不能困住我，它一直是与我并存的，只能让我比较疯狂吧。因为我一直像婴儿一样好奇，所以固执地相信世界是可以改变的。"

而我一直告诉自己，是我不愿意待在那种愁绪里，最后通过努力改变才成为现在的样子。不是因为它困住我了，也不是我不在乎它们了。

他问我之前困住我的是什么，我好像特别难回答，好像一切都源于那个脆弱、渺小而卑微的自我。比如早恋的时候，不断愧疚地自责：我怎么能做这么出格的事？我会不会被抓？被抓以后我该怎么面对我的父母与同学？我到底想要做什么？最后一切的问题，都会归结于：我怎么是这样的一个人？我开始不断后悔自己做过的事……

他接着说，我都不在乎这些琐碎而折磨人的问题了，肯定是逍遥了啊。他说一个人不被外界的东西所控制和消耗，这当然很潇洒。

可我深深地觉得，我在不受伤的同时，总是在死死地封闭自己。

我一直告诉自己，曾经在乎的东西，随时间流逝会变得很有意义，一切我受到的伤害，都要长成一棵参天大树，只能用双手来触摸凹凸的伤疤。

可是这样的意义是什么呢？是看到的世界不再引起心中波澜了吗？是太过于习惯我所接触的一切，不再对它产生好奇与敬畏了吗？是这个环境里周围的所有人，对我来说都轻如薄纸吗？

我与世俗的抗争，难道不都是指向我过得越来越麻木吗？

我已经很久没有细细地观察过世界，心思不细腻了。

死死地卡在一个茫然的森林里，不阅读，写不出来东西……

心里浮躁地躁动着，发现自己隐匿在舒适圈中，躲在自己佛系的"人生哲学"的外壳里太久，安逸得太久了，也不向外界汲取养分。

麻木还是逍遥？

麻木到什么程度，才会忘记那么多东西，在想起自己曾经的故事时觉得空荡荡的？这样，便是身体变大了，心灵却不见了吗？

这样，算不算一种程度上的失去自我呢？

"谢谢您还在家长群里让其他家长们帮我投票。"令一跟时老师说道。

"哎，没事没事。继续努力吧。投票结果只是一方面，主要还是看那些评委专家评的结果。你能获这个奖，还是靠自己的实力的。"时老师说。

"就是……我不知道该怎么说。"令一支支吾吾的，不敢看着时老师："我好像遇到了一点问题，但我说不出来……可能这个是我性格中的一种缺陷吧。"

"怎么了？"

"就是，我好像很害怕这样的事情。比如其他人，我看到他们特别自豪而骄傲地把自己发表作品的链接放到朋友圈，每天都可以很自信地让大家帮忙投票。我就特别害怕这样的事情。我妈妈说，放个朋友圈有什么难的呢？让大家看见你的文字又会怎么样呢？可是我就是做不到，我没办法接受那些熟悉的不熟悉的人对我的祝贺，我不愿让别人看见我是怎么想的，我不敢让自己的作品被看见。他们看到的时候，我觉得浑身都不舒服。我就会开始怀疑，我是真的喜欢写东西吗？如果是真的热爱的话，那为什么害怕各种各样的外界的东西呢？"

"哎，这个我也帮不了你。"他也支支吾吾起来，"我也是一样的。十几年了，我……我比你严重多了……我……我也不知道怎么办。"他也沉默了。

"读研究生的时候，我不小心搞丢了跟导师一起研究的毕业论文。所有人都在生气地指责我，但他们不知道，我有多么开心。我突然间就放松下来了，我觉得轻松极了，这样没有人会看到我的论文了。"

其实，这次比赛前的两个小时，学校才通知令一早就给她报名了，让她赶紧准备去参加。但学校不知道的是，在之前整整两年的时间里，她只顾着忙碌地奔波在路上。"我没有再拿起我的笔，甚至可以说，我害怕拿起它。"她说，只是说了这一句。

她和时老师两人趴在栏杆上，对面的山黑漆漆的，看不清它们的模样。晚自习的楼道里，每间教室里奋笔疾书的人，令一再一次感受到了一种无声的距离感。

她想她有太多太多的话想宣泄而出，只是在眼前的空间里，她也在这个无声的夜色里。

"在整整两年的时间里，我连一篇完整的随笔都没写，更不用讲作品了。那个本子被锁进柜子里，可是我又怎样才能使它延续下去呢？我怀念自己儿时的写作状态，我怀念那时的纯粹与痴迷，但我却与那样的初心越走越远。我完全不知道该如何修改，我不敢看前面写的稿子，也不敢跟任何人来讨论。在备考的时候，哪怕是最忙碌的日子里，我都会忍不住打开那些文档，反反复复，依旧什么都憋不出来。我翻看曾经写下的文字，翻翻改改，依旧拿不上台面。我心里清楚，我再也无法去修改它了，再也写不出当时的心境了。我不理解那时的文字，那是曾经的我吗？歌单里曾经珍藏的灵感，再听起来不过是一首矫情的歌罢了。曾经感到无比触动的世界，似乎在一夜之间，他们只是变成了一些没有意义的物件罢了。好像，好像……我不再感性了。我写不出东西了。"

"前几年有一个深圳青年教师的采访，录制之前，我整宿整宿睡不着觉，我特别不敢在那里叨叨叨自己做了些什么，这有什么可说的呢？"他拿出他的手机，不停地翻动着自己的备忘录，可能有几十页，也可能有几百页。

"这是每天晚上坚持写的，每天晚上都读点书，写点东西。从不给别人看，我爱人有时候想看，就有的给她看看，有的也不给。"

他也别开脸去，两个人依然是那样，站在一片静止而不再呼吸的山之前，好像什么都说不清。

"你还小，总能改变的。真的，我这么大了，我这辈子就这样了。但你想的东西，肯定是可以改变的。只是我实在是帮不了你啊。"

她想，可能是时老师的眼中泛红了，不是她在模糊地颤抖，也可能不是吧。

时老师的研究生专业就是学诗歌的，他常常说，自己有太多太多的东西想跟大家讲了，可是最让他头疼，让他最不会讲的也是诗歌哟。讲了应试的内容，又好像失去了诗歌的价值，按照他喜欢的方式来，大家到高三时又忘得一干二净了。

令一好像总是看见他像这样黯然神伤地趴在栏杆上，有时候看见她，说起炎热潮湿的天气，会说上一句："我也喜欢冬天，我也喜欢北方，你看，我就觉得深圳的这些树与我一样，都不会呼吸了。"

他说话的时候没有什么表情，无论什么时候说话都是这样木木的，脸上的肌肉像是僵住了一样，什么都看不出来。

某天的诗歌课上，他讲了他曾经遇到过的诗。从"飞花轻似梦"、"飒沓如流星"，讲到"低回愧人子，不敢叹风尘"，"春华落尽，满怀萧瑟"；从"曲终人不见，江上数青峰"，讲到"悄立市桥人不识，一星如月看多时"；从"空山松子落，幽人应未眠"，讲到"应念岭海经年，孤光自照，肝肺皆冰雪"……

快下课时，他是那样沧桑又无奈地说："诗酒趁年华。酒可以不趁年华，但诗不行。等你们到我的岁数时，你会发现原先的触动都不复存在，怎么读都觉得怪。所以如果你们碰巧遇到了诗，很幸运地与它产生共鸣，你们真的要珍惜现在的自己，还有那些触动。"

下课铃响了，窸窸窣窣的收拾书包的声音掩盖了他的话音，他试图提高音量讲完他很想说的话，却也只是停顿了一下下，挥挥手说着："唉，下课吧，下课吧。"

也许在他们的心底都有一片阴暗的角落，装着那些说不清的东西，那些一直一直纠缠着的东西。有时候会感觉心里很堵，好像一直是那个偏执的自己，不知道在做着什么样的斗争。可是你知道，就算他再怎么都说不清，那就是独属于你的，独属于你自己的东西。

"要是没猜错的话，你平时作文分数也不会高吧，也就是四十七八分最多了，四十九也拿不到。"时老师说。

"嗯，确实一次都没上过五十。好像我总是写不好中高考那种类型的作文。"

"一定很有压力吧。别人眼里的文学少年，别人眼里的小作家，总是获各种各样的奖，却连五十分的高考作文都写不到。"他摆了摆手，"高考作文，简单。你放心，半年以内我一定帮你搞到五十以上。"

令一不知道该怎么回应，她好像从没这样想过。该说谢谢吗？

"可能多少是有压力的吧。可能更多是自我否定，去比赛的时候会想，我凭什么被选出来参加这个比赛呢？我又凭什么获得这个奖呢？我没有他们读的书多，我不通史，也不会背什么诗，也写不出一手漂亮的好字。看到他们华丽的词藻，想着我怎么样也写不出来这样的话。

我就是觉得，自己的这些东西，总是拿不上台面的。

我总是觉得自己没有足够的积累与沉淀，我想慢慢来。"

时老师点点头："慢慢来是对的。不管外界怎么逼你，你可要记住，你要为你自己的文字负责。你就记住我这一句话，为你自己的文字负责。只要它们是由心而发的，它们就是你的，你就会问心无愧。只要你用心而写，就一定是好的文字。"

手中的水不小心洒在地上。令一很感激，她尽管读不懂时老师脸上的表情，但她依然很感激那种坚定而充满信念的眼神，好像对面的山又重新有了呼吸。

令一从家门口的地铁站出发，坐上了八九站，就到了中心书城。每一个周末，书城都很热闹。餐厅前排队的人，有看书的、做讲座的，还有像她一样并不愿意看书、只是来闲逛的人，到处都是。24小时的书吧过了下午两点就占不到位了，过了三点买书都要排大长队了。

两三个星期左右，她就会坐地铁去一次书城。走过天桥时，看到道路旁的桃林还尚未被汽车废气熏黑，从高向低看，像是粉红点点的星海。进入地铁站，她呆呆地望着空寂的轨道，放空自己的大脑，静静地任由时间游走。

令一喜欢乘坐地铁，喜欢看着地铁上形形色色的人。车门闭合，打开，又有新的人带着热气进来，左右张望，快步坐下。一个车厢，像是一个小小的世界，一部浓缩的电影，一个简短的故事。这些陌生人来自不同的地方，去往不同的地方，她总会克制不住自己看向他们，猜测他们的职业、性格与所到达的目的地。车厢中的人，要么是极冷漠的，低头看手机，不在乎周围发生了什么；要么是极热情的，隔着过道大声交谈，或者扯着嗓子打电话。她喜欢靠在角落，看着窗外快速闪过的广告牌和零散的人群，自己却不知在想些什么。

下了地铁，要穿过一个巨大的广场。上面聚集着充满活力的青年，有玩着滑板的，也有玩自行车的。老人会晒太阳，在台阶上小睡一会儿。再往里面走，有一群正在跳着各类舞种的青年人，他们跳得很开心，似乎一点也不介意别人投来不善的目光。她看得也很尽兴，这些人和她年纪相当，其中不乏有初学者，有身材稍胖的，但都穿戴着自己喜欢的服饰，做自己喜欢的事。她很佩服他们的勇气，"换做是我，我敢这么做吗？"她心里默念，答案是否定的。

这些都是热爱生活的人啊！地铁上匆忙的人们，台阶上睡觉的老人，广场上努力练舞的青年们。他们或许会引来许多不屑的目光，买不起车的年轻人，没有人可怜的老人，不好好学习的青年人，这些异样的标签贴在这些人身上，不禁让她感到心寒。令一想起之前读到的《撒哈拉沙漠》，三毛在沙漠中愿意亲自建造房屋打造家具，在条件极其恶劣的地方用双手创造出艺术品，在陌生的环境中活出属于她三毛独特的生活方式和品味，改变了周围人的看法。她创办免费学校，给邻居治病，在自己贫困时仍把自己的东西送给邻居，参加各类活动了解风俗等等行为，这都是她热爱生活的表现啊。

书城正做着圣诞节的营销活动，扶手电梯上的圣诞老人被围得喘不上气来，几个小孩抱紧圣诞老人的腿，他们的爸爸妈妈手忙脚乱地拍着照。

令一想到自己小时候，好像是最爱跳起来拔圣诞老人的胡子的那个小孩，她挥舞着自己的小胳膊，够不着，就一直蹦下去，直到圣诞老人蹲下来摸摸她的头，愿意跟她拍一张被揪着胡子的照片。

那天晚上，令一想到了很多很多小时候的事情，她在日记中写着：

过圣诞节的时候，我说我想要一棵圣诞树，妈妈也想要，我们两个眨着四只圆溜溜的眼睛看着爸爸，可是他特别冷血，就是不同意。我好失落，所以妈妈偷偷地跟说我可以拥有一只大袜子。

"虽然我们家没有烟囱，但是圣诞老人总会找到自己的办法。"于是我的床头上会挂一只很大很大的红袜子，上面还画着姜饼（我对姜饼有一种神奇的执着，我觉得它很难吃，可是圣诞节的袜子上不能没有姜饼的图案）。

长大之后，有个很坏的哥哥跟我说，要是圣诞老人和他的麋鹿真的能给全世界的小孩送礼物，那他的麋鹿一定是吃核弹长大的。当时，我可真想把核弹塞到他的嘴里。

平安夜过后，我的袜子里满满当当，我特别高兴地跟妈妈炫耀，看到她空瘪瘪的小袜子，我会欠揍地说："给我看看你收到了什么呢，是不是收得没我多，所以就不给我看？"

我觉得很骄傲，我的妈妈是拥有百度词条的人。她会提前到香港给我买很多很多很贵的圣诞贺卡，所以我会把最漂亮的送给妈妈，第二漂亮的送给最好的朋友……然后一张张写，写到很晚。每年我的生日和圣诞节，我都会收到妈妈爸爸写给我的贺卡，年年都有，也不知道留下来了多少。

圣诞节那天，我要做全班第一个到学校的人，给大家发卡片的时候，先悄悄放在凳子底下。有时候我收到得多，有时候少，但是我一点都不在乎，让我最享受的是看他们拆开我送的贺卡的样子。

有一次，我故意把圣诞写成生蛋，他们跑来笑话我不会写字，我也跟着笑嘻嘻的。可他们到现在都不知道我是故意的，哈哈哈！

我恨不得快点长大。

若那天不上学，我一定会缠着妈妈爸爸陪我去沙河野餐。我特别喜欢拿废弃的纸壳盒子滑草，爸爸有时候会陪我一起冲，从长长的山坡上滑下来，盒子上会留下一道道绿色的痕。小时候的邻居会带几顶帐篷过去，我看着那个立起来的支架一点点穿上外套，觉得格外神奇。

逛沙河公园旁边的麦德龙时，可以穿大大臭臭的衣服进冷冻室，妈妈在后面追我想抓着我的手，我像个小大人一样，指着比我还高的冰柜说："我要那个三文鱼，要牛排，要吃你做的寿司。"

宜家的意大利面、牛肉丸和烤翅，都特别好吃。我喜欢用牛肉丸把像一座小山一样的土豆泥压瘪，然后偷偷吃掉草莓酱。长大了以后，就不能吃儿童套餐了，我为此还挺伤感的。放盘子的时候，是要跟爸爸妈妈争着去的，当我小小的个子站在隔板间的时候，我会幻想自己是不是也有一天被这样当剩饭拖走了。

我喜欢玩那些沙发等家具，在它那些已经装修好的小隔间里玩，好像都是自己的房子一样，特别是红酒杯摆上、蜡烛点上的时候，像是欢迎大家来参观我的家。

宜家最底下提货的那一层曾经也成为我的小小梦想，在商场里开着运货的黄色小车，拐来拐去，手里拿着购物单一个个打勾，这是多酷的事啊！

等他们买单的时候，我玩得累了，就拿着爸爸的钱去买一个热狗给自己吃。

我的爸爸妈妈，是世界上最好的爸爸妈妈。他们会小心地呵护着我童真的梦，直至我长到现在，仍然相信当初是牙仙子从房顶上滑下来，在我的枕头下放了一块钱，奖励我表现得真棒。

掉牙的时候，我会特别兴奋地找妈妈问："牙仙子晚上是不是来了？"

看着妈妈点点头，我会抱着她转很多很多圈，我的妈妈是不会骗我的，那她说得一定是真的！

……

令一写到这里，觉得小时候那样天真而纯粹的写作又出现了，她好像无需在意那些用词是否准确，无需反反复复的修改，无需顾念别人是否认同。她趴在自己的床上，用勺子挖着半个冰西瓜，越来越开心地继续写她的流水账：

今天，我很想写一写自己小学时的生活。

上小学第一天，我背着跟身材毫不匹配的粉色大书包（在海岸城买的，那个时候海岸城停车超过 15 分钟就收费了。）

想去图书馆，可是图书馆老师说只有年纪大的孩子可以去。高年级的时候，早就抛之脑后了。

只要有一根粉笔，在哪里都可以跳房子。

高年级在右边一栋楼，升到高年级以后觉得特别骄傲。很喜欢在那个走廊里走过来走过去炫耀。

主持过幼儿园的升旗仪式，好像从那之后再也没当过主持人。大班毕业典礼上，我抱着老师哭了很久，妈妈抓拍了那个丑丑的瞬间，哭的时候嘴角是耷拉下来的，墨绿色的眼妆晕得到处都是，眼角点的亮粉被眼泪浸过，像是沾上了灰。从幼儿园离开的时候，我想做个幼儿园老师，二十年后再回到这里来。

操场后头有一个小棚，专门养花的。我觉得那里的伯伯特别神秘，弓着背工作，上体育课的时候我的眼神总往那里飘，可是见不到他的时候偏多。于是我一遍遍反复读伯内特的《秘密花园》，我总觉得那就是一个现实版的秘密花园，我期待着有一天在那里碰到真实的玛丽、迪肯和少爷柯林。

主席台很高，一群人谁都不敢跳，就我跳下去了。想跟男孩子一起玩足球，一个球踹中了脑袋，觉得很丢脸。沉迷于刻橡皮章和玩橡皮泥，坐在石砖的地板上，蚊子咬得腿通红。

池塘里的水越来越黑，学校的气象台也不用了，那个风向标被台风刮倒，不再指着风的方向。绿茵茵的廊道，从来没有撞见过谈恋爱的。还很好奇，为什么没有？

有很多棵很大很大的大榕树，我们在树下跳格子。我爬上树，好朋友在阴凉处看着我窜来窜去。学校校友赞助的一块大石头（围棋盘），我特别喜欢趴在上面聊天，以绝佳的角度远观篮球场。

我在乎的东西很多。别人当了大队委，心里很羡慕。觉得跟大队委的老师（他很帅，个子高高，阳光型）站在一起，自己很有面子。小时候比默写国歌，谁写得又快又好，就觉得自己最爱国。

加入少先队，高年级来给我们带红领巾，很激动（第一批少先队员没有我，因为年龄原因）。

做的纸桥，没被放在手工室里很失落。运动会为什么我跑不快？常常会因为差一点点距离就哭了。

也会因为很多事情感到莫名的骄傲。滑滑板时，骨折了。为自己拥有玻璃骨而自豪，可以看到儿童医院的小窗户。

我很爱对着那里发呆，每一扇我喜欢的小窗户背后，都对应着一个新的小世界。那间灰暗的房间里，写着"禁止攀爬"的铁栏杆没有阻拦住我。

去参加舞蹈班，红色的小舞鞋，黑色的练功服，白色的丝袜上永远破一个洞。小时候到现在，我依然觉得这没什么，喜欢做那个最特殊的人。我跳得最好，在小区演出的时候我站在最中间搬腿。

那个操场上会举行亲子运动会，大班的老师会给我的脸上点三个小红点，那个时候我很喜欢口红，觉得自己长大了。幼儿园的时候，就偷偷找妈妈的高跟鞋试穿，觉得挺丑的，还会自己画画设计想要的高跟鞋。

我喜欢穿绿色的吊带裙，裙摆上点缀着一个个青苹果。

过生日的时候会特别高兴。有一年收到了一条黄色的吊带小裙子，在胸前交叉（款式比较成熟），在床上蹦跶，拍了很多照片。小时候很喜欢走模特步，别人夸我是衣架子，后来长大了就没人这么夸了，这个也曾经在我心中掀起了微微波澜。

小时候有嫁给爸爸的梦。想跟妈妈抢，可能到现在还是喜欢争宠。

想做一只海豚。

买了很多夹子，重要的时候就到流行美做头发。那个时候还有一个公主梦。要有粉色的房间，窗帘上要有各种各样穿蓬蓬裙的公主，白色精致的门……只喜欢亮色的东西。二年级的时候演绿野仙踪的音乐剧当了多萝西。

有一个很爱擤鼻涕的同桌，从来不收拾他的鼻涕纸，很嫌弃他，可是还是看不下去。我之前是很爱干净的女孩子（不像现在这么邋遢），很喜欢收拾得井井有条。过一段时间就要把房间里摆放的东西全都捯饬一遍，换换位置，但是从来不扔东西。

妈妈说我只是喜欢把东西从 A 搬到 B，要么堆起来，要么藏起来。一打开衣柜门，哗啦哗啦全掉下来。

六年级的时候演冰雪奇缘的妹妹 Anna（那是我最后一次觉得自己像个公主）。公主梦后来隐藏起来了。不穿小裙子了，不逛 barbie 店了，也不再去流行美做头发，就扎小皇冠出门了，变成了一个很中性的女孩子。

我只是对自己的头发没有感情而已。

为什么会变成中性的女孩子呢？可能是由于依然喜欢粉色的小裙子，别人会觉得我没有长大，所以就不穿粉色的小裙子了。

在日记的结尾，她听着外面安静的夜，写着：

小时候我盼望长大，像盼望长长的夜晚快点离去一样，我想站在阳光下。

第六章

新年第一天，她的爸爸妈妈还在吵架。霏霏带着她的狗，开始了在深圳的流浪。

走在去商场的路上时，她跟令一约在星巴克见面。她已经数不清这是多少次了，因为没办法呆在家里而流浪于深圳各大商场。

霏霏想着他们吵架时的话，想着这个家庭到底已经充斥了多少谎言，"小时候父母常常会告诉我：这样的话不能说，或者那些东西你不要告诉谁谁谁，不要跟他说那么多。于是长大了我们也成了：这些话就不跟父母说了，骗骗他们就好了。"

上初中的一个晚上，地铁上挤满着人，车中嘈杂，有的人在打着商务电话，时不时就看看手表，焦虑地催促着；也有人拿着课本或辅导书，背靠在座椅两旁的隔板上，强睁着眼皮背着历史；还有从工地上回来满身灰的工人，怕打搅到其他人而小心翼翼。她看到有一位实在撑不住了，累倒在地上打起了呼噜，身边的人赶忙把他掐醒，他惊醒后红着眼眶向周围的人道歉，血丝布满眼球。从他外地的方言之中，霏霏似乎隐约听到了扣了工钱又加班的言论，心中默默为他感到悲哀。

当时的她傻傻地以为只有不幸的人才在半夜拼搏，并暗暗发誓自己不会沦落至此。"如果是在小时候，父亲是不是会蒙住我的双眼，告诉我别担心，他们过得很幸福？"她想着。

在很久很久之前，每逢过年父亲开车时都会遇到来讨钱的乞丐，每次父亲都是不想给的，但看着她在副驾驶旁眼巴巴的小眼神，便会顺着她的心意往那个空空的小碗里投一个钢镚。

后来，她听到了一阵警笛，可能是那个瘸腿的乞丐妨碍交通了吧，他满是皱纹，衣衫褴褛，腿脚又不方便，走在大街上总是遭人嫌弃。她想回头看那个乞丐究竟怎样了，可是父亲总会一手蒙住她的双眼，拉着她快速走开。

那时的父亲……

"长大以后，我才知道，那些乞丐是骗子，彻头彻尾的大骗子。看到新闻报播的那一刻，我甚至觉得世界观崩塌了，看起来那么可怜兮兮的乞丐竟然是假装的？过了好一段时间，我才接受这个现实。大千世界中的小小谎言不会改变什么，但对于当时的我来说，被盖上的眼睛像是一句善意的谎言，让我不必在童话故事中突然清醒，不必心碎。"

她不能停止被这样的事情所触动。

令一突然问起她在生涯课上自画像的上半部分。那是一排赤脚的孩子，当时她刚刚回国，参加了一个关爱听障儿童的志愿活动。

他们有着严重的听力障碍，像外星人一样在头上戴着机器，一个小女孩看见她们一群志愿者来了，就悄悄把机器卷进了头发里，试图拿那个粉红色的蝴蝶结遮住。

她手足无措，不知道该怎么跟那群小孩子相处，于是坐在屋子最后方的角落。她见到左前方一个穿黑色小裙子的短发妹妹正玩着旁边温柔姐姐的橡皮筋，一个疯疯的小姑娘绕着圆圈，跪着跳了一圈又一圈。她伸出手，可那个小姑娘毫不理睬，全身的重量又摔在地上。

"一个穿着瘦巴巴牛仔短裤的大孩子一直朝我的方向张望，他看见了我笑弯了的眼睛，害羞地跺了跺脚。这个画面是不是听起来很美好？"她问令一，令一点点头。

"同行的朋友上台弹着钢琴，我的视野里冲进一个十二岁左右的红衣女孩，坐在离我一米远的地方。她全神贯注地盯着前方，我正想主动坐过去说话，却瞥见她微微颤抖的手指。"

霏霏回忆起那个画面：她跪坐在地上，用双手触摸着想象中的声音，毫无章法地敲击着自己的膝盖，与其说是弹，她更像是在挠，在极其认真地捕捉自己可以听见的微弱的琴声。

台上的琴声乱了，慌张地弹错了好些音符，于是演奏者停了下来，重新读谱，整个环境寂寞无声。外头的风吹得窗帘摇曳，那个绕圈的小丫头再次把膝盖磕在地上，乌青一片。

"可我又揪起心来，在那一片寂静之中，跪坐在地上的那个小姑娘的手指仍在起起落落，她没有转头，没有看见我的一汪泪水，依旧目视前方，双手沉浸在音乐的律动中。"

霏霏说到这里时已经带上了哭腔，她转过头去背对着令一，眼泪滴在灰暗的台阶，每当她打算开口时，泪水已早了一步喷涌而出。

"离开时，我走过一间吵闹的教室，那个弹着美妙音乐的小女孩正认真地参与一切带声音的游戏，却一字不说。老师站在最前面，细声细语地教着她们唱歌跳舞：

你笑起来真好看

像春天的花一样

把所有的烦恼所有的忧愁

統统都吹散

你笑起来真好看

像夏天的阳光

……

"所有的孩子看见我们走过，都停下来，挥着他们肉嘟嘟的双手。

"在队伍散去的时候，我用尽全身的力气挥着我的双手，夸张地跳啊跳啊，我看见他们注视着我，看我像顽猴一样上窜下跳。隔着一层玻璃窗，我真想把我的心掏出来给他们。

"于我而言，我只观察到了他们两小时里：有让我不敢叨扰的纯净，一种我们早已失去的神圣与眼里闪烁的光。他们没有被听力障碍所困扰或囚禁，他们像轻轻飞过的一片云，带走我内心沉重又无地自容的愧疚。我想，我们需要这样轻快而旺盛的生命力。"

"自画像的上半部分，是那群有听力障碍的孩子吗？"令一问道。

"嗯，我画的是他们在跳《你笑起来真好看》时，双手捧着脸颊的样子。他们那真诚而用力地表达出来的歌声，一瞬间击中了我的心魂。"

近乎是刚讲完那些小孩子的故事，她还没有缓过来情绪，就接到同伴质问的电话。

他们在做一个关心社会弱势群体的调查，正好在网络上收到了一位长期受家暴的家庭主妇 Nancy 的求助。在近半年的时间里，她竭尽所能帮助 Nancy，可是同伴与她却常常因为该如何帮助 Nancy 而争执：

"姐姐你怎么老是直接答应了，你也不问一下我对不对。"

"你知不知道确定一次离婚案的细节，要聊很久很久，你需要把所有的细节证据全摆出来给律师看，这里面涉及她个人的隐私，如果她自己出不了面的话，我们是没办法帮她事无巨细地包办的。"

"你知不知道，我们不可能跟律师聊好以后再让她出来跟律师对接。如果是基本咨询的话，她自己完全可以打个电话过去说，就讲一讲她自己的那些很基本的情况和问题，我觉得这个是她自己可以做到的。如果要求我们把所有事情全部帮她办好，我觉得这个有点太过分了吧。"

对方越说越激动，渐渐怒不可遏："这边是提供免费的咨询，她又不花钱，我觉得如果她连免费的咨询在心理上都承受不了的话，那我觉得这个事情就是有点离谱，你知道吗？真的，你的要求我满足不了，这个我也做不到。"

对方仍然在吵，她按掉那通烦人的电话，从座位上抓起包就走。

若是其他人，那些受家暴的妇女都可以做到自己勇敢地跟律师沟通，寻求法律保护，为什么霏霏一定要多管闲事为她正在帮助的Nancy包办她的离婚？

她一路上踩了很多个水坑，令一追着她出来，刚拽住她，就看见霏霏眼眶红红的，鼻尖红红的，泪珠挂在下巴上。

"Nancy，是我们在帮助的一个家庭主妇，她遭受了家庭暴力。怀孕时，她丈夫江迪会掀开她的被子，用腿踹她的肚子，用胳膊肘撞她的后背，并试图将她从窗口推下去。后来，他变本加厉地用灭火器重击Nancy的头部，在她想挣脱时，又把她的头摁在沙发上，拼命地揪着她的头发。她向家人倾诉，还遭到双方父母的责骂。离婚之后，一切又进入了循环往复。他跪在地上向Nancy道歉认错，一直诉说着自己的不对，向Nancy请求复合。可是复婚后，她没有想到的是更多的折磨：因感冒了没开空调或扔掉了一个塑料袋等原因，常会被堵在房间里，被狂怒的丈夫摁进那被踢翻了的茶几的一地碎玻璃渣里，鲜血淋漓。2019 年一年时光，Nancy 整整遭遇了十九次家暴。她曾经因家暴流产，失去了四个孩子。她求助警察、妇联、记者，找餐厅的人员作证，可他们或选择沉默或支吾应付。于是，她选择找律师求助，可是一次又一次被律师骗钱。后来求助无门，她只能在人来人往的大街上像疯子一样，衣冠不整地走来走去。"

霏霏讲完了这个故事，她低着头喘着气，无法平静地说："我的同伴们，他们不是没有同情心，只是他们不会把她当成自己的事，就像碰见地上的玻璃渣会绕开一样，他们不会踩上去。可是每次我听见或者了解到这样的事之后，他们经历的那些痛苦和凄楚，好像也同样扎碎在我的心上。我陷入深深的无力感之中，我能做什么呢？令一，我真的什么都做不了。"

"当我看到那些的时候，会忍不住去想，我凭什么可以心安理得地得到我现在所享有的一切？我怎么可以沾沾自喜地这样活着？我怎么能完全不在乎不珍视我所拥有的这一切？我怎么可以袖手旁观地看着 Nancy 一次又一次的期望变失望？

"那些同学不会把自己放在 Nancy 的处境里，可我就是没有缘由地觉得，我就是应该去帮她发声，为她求助。一个那么爱美的女孩子，一个对爱情充满幻想，希望平平淡淡地跟喜欢的人过完一生的女孩子，一次次把自己最丑陋的伤疤，一次次把最难以启齿的故事讲出来，讲了一遍又一遍，却反被欺负和利用，令她不敢公开讲述、不敢求助了。人们怎么可以就这样置身事外呢？

"小时候，我怕走夜路，我想让爸爸妈妈陪伴，可是他们忙，让我一个人走；长大了，我想跟我爸妈说，你们别吵了，别再用言语把对方放在案板上剁了，别再让我夹在中间承受你们失败的婚姻了；我也想跟那个在我帮她从地上捡起来五毛钱硬币，她却说我偷了她的钱，把我推在地上打我手的老师说，你不应该撕开一个孩子善良的心，然后往里面灌上墨水。你永远不会知道六岁的我躲在一个全是虫子的角落，不停地责怪自己以泪洗面，哪怕我做的是好事，哪怕我不该承认这样的污蔑。还有那些开玩笑把我堵在厕所不让我出来的同学们，那个见我年纪小就一直忽略我而不卖给我肠粉的阿姨……

"可是，我们的反抗呢？我们又能为这个世界做点什么呢？

"令一，真的，每次在看到这样的情景时，你知道我有多无力吗？

"在国外的那段时间我真正地安静了下来。滑雪的时候，我从山顶俯冲下去，一路上丝毫不刹车，我感受着完全的自己释放在完全的天地间，我把一切都抛在后面。当我在接近山底时的一个猛刹，转头仰视我所征服的自然时，我想也许在那一刻，我也拥有了它的宽广与包容。

"可与此同时，我见到了太多的自私自利，他们是那样在乎自己的利益是否得到满足，哪怕一丁点儿都不肯被剥夺，在乎生活中是否一切都按照自己的方式来，从不肯替其他人考虑。甚至可以说，我见不到那个让我幻想过的西方世界之中，是否还存有一丝的怜悯之心。

"我的同学们，他们可以为了提升成绩把你夸得天花乱坠，只为让你帮他们补习，或许也会带你去她的 party，约你去游泳。可当考试结束，那些所有的白眼与背后的嘲讽无不尖酸刻薄地重现。

"我时时警告自己，无论在哪，都坚决不去成为他们那样的人——心胸狭隘的长舌妇。我看到我同学的生活时，我为他们感到悲哀与惋惜，甚至我希望把他们踹到中国让他们体会一把我曾经的生活。对我来说，我觉得他们的生活经不起打击和变动，他们受不了一周两场考试，也不知道怎么承受压力，于是他们在人后抱怨老师，用着奇怪的声调诋毁他人。就因为那么一次的考试，他们几天睡不着觉，或者只能睡两三个小时。

"或许我看到的只是他们的一面，就像他们只是看到我的一面一样。

"我所见到的那些抱团小组里的人，他们依靠同类人的相同点而取得认同，走不出去，也不让别人走进来。他们人都很好，只是他们的生活观念跟我不同。当我们的目光永远放在别人身上的时候，当我们需要靠贬低别人讽刺别人的生活方式来获得自我优越感时，当自己处于被动时，生活便渐渐渐渐地充斥着无数怨言，细小的问题也被夸大其词，敏感、脆弱，不堪一击，人和生活都是如此。有时候我觉得他们不会与人相处，没话的时候硬要找话，关系一般非要小心翼翼地维持，一点小小的波动便可能闹到老师那里，解决不了......

"我不知道是否我看向他们时，就像他们看着我时，眼睛里是没有温度的。

"即便如此，我看起来依然是那样的合拍，我依然是那个沉默的亚洲人，我看起来在那座城市里游刃有余，看起来与周围所有人的关系都很好，看起来也得到了老师的嘉奖，说我的出现很大程度上改变了他们对亚洲学生的刻板印象。我学会了他们的语言，学会了他们的习惯，学会了他们的作息表，懂得了他们的礼仪，也知道了什么时候该说什么话……

"我很难去描绘那个浮躁的心境，以及我觉得自己看似融入实则疏离的状态。

"我知道其他人的笑声只是开心的笑，但我听起来却像是在嘲笑我。

"有时候我想起来，还觉得有些讽刺，曾经的自己是那样渴望离开。

"但我的心底知道，我知道自己得到了什么，也知道自己缺失了什么。

"这一切的一切，都从未有一颗真心。"

就这样，霏霏踏上了一条寻找真心之路。

第七章

没有人富有到可以赎回自己的过去。——王尔德

自信每次走进舞蹈室，都会看见一个不敢跳舞、悄悄坐在最角落看着她和令一的人。舞蹈队有三十几个女孩子，熟悉下来都算各有长处。有学习动作快的，有基本功好的，有跳舞很有感觉的，这些人大多没有硬伤，只是不属于最突出的那个中心圈。而游离于这些人之外的，有一个很内向文静的女孩，叫宋可。

她是一个典型的不会跳舞的人，四肢僵硬跳起舞来像机器人，常常因为一个手部动作牵动整个上肢的运动而舒展不开，做起动作来只会含胸驼背地闷在胸前做，不敢敞开自己的手臂。同样的一套动作，也许对别人教三遍就会了，她不仅学不会，还会往错误的方向做，自己胡乱地篡改动作，越跳越奇怪。

学新的一套动作时，她总是站在最后一排，视线被其他人的背影挡住，什么也看不见，有时还会被旁边人挥舞的胳膊抽到。旁边的人看她学得慢，动作幅度也小，便去挤占她的位置，一直一直将她挤到把杆旁的一个小空间里。当别人做动作时，就她一个人突兀地站在那里，一动不动。她看不见镜子里自己的身影，就算看到，也只能盯着别人的身影。

老师劝过她几次，说跳舞是一件天生的事，十几岁了再练软开本来就是一件很难的事了，除了软开，更要看舞感。有些人不用学，上来直接跳都比有些学了很多年的人跳得更有感觉，更让人舒服。舞蹈老师没办法教会一个与舞蹈没有缘分的不会跳舞的人，这完全是看个人的天赋。

可宋可就是听着，她不说话，也不哭闹，训练的时候来得很早，走的时候最后一个悄悄关上门和空调的人总是她，她从不主动要求老师对她放宽要求，别骂得那么狠。

老师问她是不是真的喜欢跳舞，她就点点头。大家都很无奈，没办法带她上台，也没办法劝她离开，她就这样尴尬地呆在角落里，有时候写写作业，有时候压压腿，有任务时也不会安排给她。

舞蹈团是一个特殊的地方。在班级里，学习不好的人并不会因此而失去朋友，但是在这里，专业不过关，就很难找到一个愿意陪你一起练舞的人。于是她没有了朋友，连一个能说上话的人都没有。大家的时间都极其宝贵，上了高中，人人都学会了一些自私与冷漠。

“专场表演，可以让我上节目吗？上一个就行。”舞蹈考核前，宋可跑到令一的班来找她。

“可能你还要多练一练吧，我们是个集体，你更多的还是要练如何融入到一个集体中，你明白吗？下午考核的时候，如果连音乐都跟不上，就没办法让你上了。”

“可以多给我几天时间练练吗？”宋可不太高兴地问，无意识地噘了噘嘴。

"这不太可能吧，今天为你搞了特殊，那过两天我们所有人都要重新排队形了啊。"令一有一点激动地说："既然你想上节目，那就应该一直一直练，练到我们都注意到你的进步才行，而不是现在来跟我撒娇求情。"

宋可失落地走了，令一觉得挺可笑的，她不会为了一个自己不努力的人开后门的。

下午的时候，自信跟她说："我把宋可招进来了，她来找我求情，我就同意了。"

"为什么？你知道她跳得有多烂吗，这太影响我们以后排练了。"令一看着她说。

"毕竟她跟着大家一起排练了这么久，却连一个上台的机会都没有拿到，那是不是太可惜了？"

"你是自信啊，你对每一支舞要求都那么严格，真的要让她进来吗？"令一还是很怀疑。

"希望她自己努力吧，我们帮帮她，她真的挺努力的。"自信特别真诚地说。

她拉着令一的手，很认真地重复了一遍："我们不要这么冷漠吧。你也知道如果凭她自己琢磨的话，进步是很慢的。"

令一皱起的眉头一点点舒缓，她停顿了很久，深深地缓了一口气："对不起，这件事是我不对，还好你把她招进来了，我们帮她吧。"

"太好啦！她还担心你不同意，我就知道你会同意的。"自信挽着令一的胳膊转圈，高兴得像是在为自己争取到了机会一样。

"没有没有，应该表扬我们的自信，真是长大了。上午的时候，是我的话说得有点重了，我只是觉得她不够努力，我们还是再给她一次机会，如果这次她还是跳得很糟糕，我还是不会让她上的。"令一说道。

　　晚修结束以后，令一走得很晚，她关掉了那整栋楼里最后一间教室的灯光。她独自走在那座空荡的楼里，只能听见自己的脚步声，她第一次注意到脚尖与地面一点点加深的触感，好像每一步台阶都可以走得不同。小卖部里头的阿姨插上销，她艰难地拉上了生锈的、磕磕巴巴卡住的门，一只铁锁掉在地上，发出一点也不清脆的声音。走廊上的光打在墙边的画上，其他地方都是黑的，以往每次路过时都是那样匆匆，她好像从未认真地瞧一瞧画里的小岛。她想，这里空无一人，所以她可以奔跑啊，眼前仿佛就是一片辽阔的田野，荒芜的草长得很高，橘色的天空下，一个赤着脚的孩子在田野里打滚儿，搞得满身都是干枯的草。她走进一个小平房里，于是守着那样一大片属于她自己的荒野，她想她终于可以自由又野性地做最原始的自己了。

　　她又想到了宋可，她不知道自己为什么突然间从草原想到了那个女孩，那个在集体里只会一声不吭地坐在旁边，准时来准时走，游离在集体边缘的女孩，那个每次审核时都要拖到最后一个才上场，动作永远掐不上音乐，只会僵硬地甩胳膊迈腿的女孩，她像完成任务一样完成每个动作，拼凑起来时怎么看都怪怪的。

　　回到宿舍时，霏霏在宿舍里开着小灯背书，她有时会拿熄灯后的半个小时复习语文、政治和生物。

　　她把自信拉到阳台："不行，我心里过意不去。"

　　自信看她很反常的样子，问："嗯？发生了什么？"

　　"我满脑子都是宋可一个人坐在角落里眼巴巴地看着我们跳舞的样子。我真的好对不起她啊，她肯定很难过吧！"令一说着，夜晚的山林间依旧带着燥热的空气，知了的叫声混着其它昆虫的叫声吵得人越来越烦躁。

　　"这不算什么事啊，你明天跟她道个歉就好啦。况且我们不是也打算帮她了吗。"自信安慰她说。

湿漉漉的青苔顺着地面长到了墙上，大扫除时宿管来说过她们好几回，可她们还是这样肆意地任它生长。

令一挽着自信的胳膊，她们靠在栏杆上："自信啊，想不想听一个小故事？"

"好啊好啊，我最喜欢听故事了。"自信一脸八卦地凑过来："怎么，终于要跟我分享你跟安泽的小秘密了？"

"不是安泽。是关于我初中时跳舞的故事。"令一回答："你别一脸失望好不好，不是八卦就不爱听了？"

"错了，姐姐！你接着讲吧。"

"今天我突然间想到的。本来已经很久没想起来了。"

"嗯嗯，你快点说，别绕弯子。"

"就初中的时候，我是零基础进了我们初中的舞蹈团，与我一起进去的绝大多数人都是特长生，她们可以做无数令人惊叹的技巧，可以跳很多支完整的剧目，就像你一样，而我连竖叉都下不去。一开始老师是决不让我进去的，可是我一直去堵她，去她办公室等她，在她训练时在门口的小凳子上坐着，她见我见太多次了，终于让我进去了。"令一说她那个时候，也不知道自己哪里来的勇气和冲动，她只是突然间有了一个自己想跳舞的念头，那个念头越来越强烈，她越是压着它不告诉父母和朋友，而它就越难以控制。她一想到自己可能会实现这个愿望，就在床上翻来覆去地感到特别兴奋。

"后来呢？后来发生了什么？"

"进去了以后啊，我就成了现在的宋可。其他那些人成群结队地说说笑笑，而我只能一个人孤零零地站在旁边，老师走过时都用那种似笑非笑的带有鄙视的眼神看着我，好像在说着，你看你自己硬要进来的，你跳得那么烂，没有人喜欢你，这是你自找的。"

"天啊，那你退团了吗？"自信很担心地看着她，"都过去啦，不要难过啦。"

"这才哪到哪，我不难过。我当然没有退团，只是那个时候，我每天都颤颤巍巍地希望老师不要点我的名字，我一直站在角落里，我希望她看不见我。可这真是奢望，在所有的人中，她只批评我一个人，不允许我上台，选拔的时候，我第一批就被筛掉，只能呆在小小的角落看着她们排练。"

她没有再讲下去，她一点也不想回忆了。

"所以自信啊，你说可笑不可笑？我从这样的境地过来，当时是那么憎恨她们，而今天我也成为了跟她们一模一样的人。"令一说着，"我真的很后悔。"

"后悔那样对宋可吗？"自信想起来下午的时候，她从老师办公室出来，就看见蹲在教室门口的宋可，尽管她们一点也不熟悉，可她还是走上去："宋可，怎么啦？你告诉我怎么了，好不好？"

宋可怎么也不肯说，一直把头埋在膝盖里。

自信也在旁边坐下："那你不告诉我，我就不走了啊，下节课马上要上课了哦，要是老师批评我我就说是你的错。"

宋可还是不理她，于是自信开始一遍又一遍地磨她："告诉我告诉我，你讲出来你就不会难过了，没准儿我还能帮你解决什么呢。告诉我吧，我难过的时候也希望有人这样哄我，跟我说说话的。"

后来宋可讲了，她立马改变了令一讲的："你别往心里去，她今天准是来大姨妈痛经了，平时也不会这么凶的。我们要帮你的，真的。"

宋可一听马上笑了，推着她赶紧回班上课。

"是啊，宋可就像曾经的我一样。我却再次伤害了一个像曾经的我一样的人。用完全相同的方式。"

"现在结果不是好的嘛，你是不是要谢谢我？"自信向令一邀功。

"嗯嗯嗯，表扬你，当然也要谢谢你。你说得对，我们要做温暖的人。"令一充满感激地说。

那段回忆浮现在眼前，挥之不去。

她坐在了书桌旁，耳机里放着她很喜欢的《追光者》这首歌，一遍又一遍地单曲循环："我可以跟在你身后，像影子追着光梦游。"她是那样痴迷于这句词，这句让曾经并不光彩的自己赖以慰藉的话。

一直以来，跳舞都是令一心里的一个梦，她羡慕舞者的美，羡慕她们可以用肢体语言表达淋漓尽致的情感，羡慕她们的气质……于是，在初一学校校队招新时，她毅然决然地进了舞蹈队，哪怕招新考核她什么都不会。当时，一位学姐随意地教了她一小段让她跳，可她没学会。

舞蹈室虽然不大，但却让她紧张得发抖。所有目光聚集于此，她劝自己冷静些，就当是去面对一场突击测试一样。从小到大，什么舞台没见过，可她却从没有这样紧张过。

灯在旋转，她不知道自己在干什么。小时候就喜欢转来转去的，能意识到自己已经晕了，而现在连自己在哪个角落都弄不清了。印象中她好像把学姐教的动作改编了，又好像走来走去的不知道在干什么，抬过几次脚，恍惚中好像听到了笑声，一阵接一阵，但又在不知不觉中结束了。

本是一阵欢喜的跳下来，却换来了沉默与鄙视。

第一印象太重要，以至于她后来不管多么努力，都很难改变别人对她的认知。老师一开始不要她，是她求着老师好几次，不断地表达自己的热爱后，才让她勉勉强强进来的。

当她知道她竟然进了舞蹈队的时候，很是兴奋，认为自己的生活状态终于可以被改变了。"也许我终于可以在学校里做自己喜欢的事了。"她心想着。望向窗外，光射在舞蹈鞋旁，真好，真满足。

她羡慕地看着那些哪怕已经很厉害了的学姐，却还是很用功地压腿，她们才是真正的阳光花季吧；不过她相信，不久以后，自己也会像她们一样，很快，很快。

令一渐渐回想起第一次看学姐跳这个舞蹈时的震撼和佩服，二十朵不同风格的花在花季中尽情绽放。排练时的她们没有精致的妆容，没有七彩的灯光，没有百花般的服装，单凭肢体动作就能带来优雅和光芒。当时刚入舞蹈队的令一默默下定决心，要成为像她们一样厉害的舞者。

舞蹈室中，一个个正值豆蔻年华的青春少女，宛若天边飞霞，身体修长，体态端庄，走路也很是优雅。音乐响起，队形开始变换，组合分分散散，宛如花海，齐刷刷地绽放，又各自歇息、吐气、收回。她们是繁花，每一朵都璀璨，每一颗花苞都形态不一，各有其奥妙。主跳是朵红色的牡丹，一朵谦虚而淡雅的牡丹，私下里她为人也很温柔，但是一上台，却镇得住场面，不会被旁边的人比下去。牡丹本是极嚣张的，舞蹈中的本态也正是如此，可她的眼睛里却好似能揉出水来，很是清澈。

伴随着柔缓的音乐，每一位舞者又好似成了掉落的樱花，轻巧而又细腻，队形动作，如流水般舒缓，让整个画面独有意境，如痴如醉。对于这些跳舞的女孩来说，这支舞蹈的技术难度一般，但因为用心而很累，所以跳下来依旧是一种让人享受的回忆，每一遍都很微妙，每一遍都有不同的感觉。

舞蹈队大概有那么二十来个人，每个都挑不出毛病，每个都有着各自的风格，都是不同的花季。她们都是鲜艳的花朵啊，难道只有她才是那周围陪衬着的淡绿色的枝叶吗？

就算是一直以来拼命地追赶，六年以来间断了的陌生感，塑造了她所有的不自信。那种气质和感觉，似乎都忘得一干二净了，难道她是真的不会跳舞吗？但愿只是被压制了，还没来得及释放。其实，她的基本功马马虎虎，胯很硬，肩也很硬，师姐对她也是半管不管的，好像她已经是无可救药了。

初一年级的这些人很是瞧不起她，见着她就躲，不愿意跟她站在一个组训练，每次都使她很尴尬。坐下换鞋的时候，只有她一个人坐在最远的板凳上，因为最后一个走进舞蹈室而经常被骂。上把杆压腿时，她从不敢去那专属于某些特定的人的地方，她只是径直走向教室里最脏的那块角落，左右两旁隔得很远才站着别人；控腿的时候，所有人的腿都不会掉下，整间教室里只能听见她一个人沉沉倒地的声音；用脚尖起立时，她没有搭档可以一起做，就算有，她无论怎样使劲都立不起来，她被拎到了第一排，只有她一个人跪在地上，看着她们一组又一组地用脚尖走路；搬后腿时，她被几个捂着嘴笑的学姐说是像在做瑜伽，而且摇摇晃晃的，练瑜伽都做不好。她从不缺席每一次的训练，只是她只能做那个坐在电脑前一遍遍重新放音乐的人。排新舞的时候，换衣服的时候，反倒是所有人都开始看她了，她不得不遮遮掩掩，仿佛自己是赤身裸体一般，处处弓着身子，从不敢抬头。

为什么她一直就跳不好呢？为什么她没有从小就开始练舞呢？为什么她就不能天生得再漂亮一点，天生得身体再柔软一点呢？看着她们一个个优美的舞姿，再看看自己，四不像，心里总是无奈和自卑。

她的心里真的很纠结。退团吧，又不甘心，不甘心自己这样堕落，这样颓废，以至受人欺负也不还手；留下来，又觉得很多余，进退两难。只是祈祷自己站在最后一排，不会被看见，也就不会被骂，自己的自尊也少一点被践踏。

"如果早知之后的变化与折磨，我当初会选择不走进那间练功房吗？不，我还是会义无反顾地走进去，越是不会，越想如自虐一般去征服，去追逐那片鲜红与淡绿。只是，没有彼岸，何来繁花？"

那些心酸的回忆，如弓箭一般把她的神经绷得更紧，她的心里一直响着那首歌：

> 如果说
> 你是海上的烟火
> 我是浪花的泡沫
> 某一刻
> 你的光照亮了我
>
> 如果说
> 你是遥远的星河
> 耀眼得让人想哭
> 我是追逐着你的眼眸
> 总在孤单时候眺望夜空

令一的日记

今天早上，霏霏和我去吃早餐，我问她，十六岁的我们有没有成为六岁时最不想成为的人，她问我二十六岁的我们会不会成为现在的我们最讨厌的样子。

于是我们讨论起十六岁的我们最讨厌什么样的大人，想来想去，好似都千篇一律。于是我们说，最不想成为一个平淡无奇的平庸的人，在人群中被埋没，在自我中迷失，变得麻木而失去棱角。棱角源于"我"的存在，因为我不这么认为，因为我喜欢这个样子，所以我不会一味地服从或退让，我坚守我的自我。

于是我们开始回忆起所拥有的人生。

我好像一直处于一个混乱的阶段。从前，我是一个很没有自我的人，这样的状况一直持续到十二三岁，我不想变得特殊而惹人注目，当我从集体中站出来时，无论是因为出色地干了坏事还是好事，我都畏惧极了。我特别怕在领奖台上听到念自己的名字，特别怕拿着奖状时所有人恭维我，说真厉害并问这个奖是怎么拿的，我会实话实说地回答她们是运气，于是她们开始不带恶意地嘲讽我虚伪。

现在想来，那时的我在一定程度上还畏惧成功。令一喃喃自语。

我喜欢写东西，但我不敢直面这个爱好，我骗自己写作是自己的，与组委会给不给我奖无关，我也不想让任何人读到我内心的独白。

也许因为内心的自己太过于卑微与弱小，我觉得那些获奖证书是对我的一种侮辱，明明我不够好，明明我没有读最多的书，明明其他人比我厉害多了……我不可置信地去质问我的妈妈，是不是她走了后门，她一次又一次地试图让我相信这些奖全凭我的能力而得，而我却一步又一步地退缩了。

拿自己的十个短处去比所有人的长处，好像是一件特别蠢的事，可是我就是忍不住去想：钢琴弹了十年也没有办法弹李斯特，英语学了十年也没有达到词汇量一万，数学补习班上了三四年，也考不了一百二……

"其实我也一样。"霏霏说，"小时候很搞笑，班里最受欢迎的一对好朋友是 A 和 B，于是我既跟 A 玩得很好，也跟 B 玩得很好。后来 A 和 B 关系破裂了，用着小学生能说出口的最伤人的话与对方绝交了。我夹在中间，觉得小团体真是麻烦。

你知道吗？我初中的时候开生日派对，一天要开三场，两场分别献给 A、B 两个小团体的人，第三场与我的初中好友聚。"霏霏深深地叹了一口气说："只为了她们互相间不闹别扭，我还是那时太年轻了啊。"

在这一点上，我们两个很相似。

令一想起，自己会跟同学比小学毕业时谁填写的同学录最多，qq 动态谁的赞最多，而自己是否可以游刃有余地与所有人都成为朋友。

那时的我很在意她们对我的评价，如果有人在我背后讲坏话，我会深觉背叛，回家后抱头埋在被子里偷偷哭泣，第二天又买小礼物给她们……

那时的我想跟所有人一模一样，我乐意去做一个小透明，这样可以在集体里融入得特别好。就像所有讨好型人格的人一样，我希望得到所有人的喜欢，哪怕一点点也很满足。你说，是不是真的要成为坏孩子才可以在集体里过得很好？是不是要一直讨好别人？是不是一直想着要对别人多么多么好才会被看见，才不会被群体抛弃？

贪婪一点点吞噬了我，我并不满足于看着别人成为中心，我就像现在的自信一样，也想成为最受欢迎的人。于是，我一味地去模仿这个时代的潮流，叛逆地跟父母提些无理的要求，脾气变得暴躁，谈一个自己并不喜欢的男朋友，叛逆地跟老师对着干，说肮脏的垃圾话……

那时我想，我就是属于那个很肮脏圈子的吧，我从不是一个好孩子，也从不想做一个好孩子。我恨那些把我钉在好孩子标杆上的人，我恨那些家长虚伪地表扬我的神情，我恨每一张发给我的奖状，我恨我周围一切的一切，恨这一切塑造了现在这个让我自己看着都觉得恶心的自己。我从不想当一个好孩子，我是那样那样憎恨外界对我的期望，因为我是那样害怕地知道我做不成，害怕他们真正认识我了之后，感到无比地失望而转头离开。

就像那些在酒桌上不断笑脸迎人地陪酒求人，回家打老婆训儿子的中年男一样，我成了一个令我自己都无比厌恶和痛恨的人。在家里说尽伤人的话，摆出一副厌恶的嘴脸，觉得父母怎么还不懂断奶，天天操心他们不该操心的事，觉得自己十四岁了，为什么他们还抓着我不放……我看见我的妈妈每次被我伤害得倚着墙，抚着胸口用力喘气，无声的泪挂在脸上，一道接着一道……我看见我的爸爸冷眼看着我，他从来没舒展过他的眉头，像在审视一个别人家的小孩一样，渐渐失去了交流。见到我的时候，他只剩下了一句："你又有什么问题？又有什么需求吗？"

一个家庭，被蒙上了厚厚的一层不知名的隔离，就这样变成了一个司机，一个吃饭的，一个默默叹息的教师。

看到这些的时候，心中的负担一层层地加重，怨恨也愈发加深。我知道，这样的自己应该藏起来了，我可以无穷尽地把自己涂黑，但我不能伤害周围那些期待我变好的人，至少可以不让他们知道我有什么样的开始。

于是我依旧做那个在家长和老师面前的乖乖女，乖乖地抱着作业，帮老师改着作业；帮同学们带着零食，也跟他们一起说说笑笑，看起来扎成了一团，至少可以说说八卦；在每一句父母的教导之后都说一句"好"，表示我的顺从，甚至痛哭流涕地说一句"会改的，不会让你失望的"。我依然是那个在舞蹈室干杂务干得最为频繁的人。

当我站在舞蹈室的镜子前，我看着教室里这个丑陋不堪的自己，恶心地看着自己那样肿胀而粗壮的腿。我看着这个丑陋不堪的自己背后，更加腐臭着的灵魂。我看着它的周围时而是那么吵闹，时而是那样空寂，时而荡起一阵阵扬着灰尘的风。

经过了我的那些努力，有一些朋友会来看我的表演，一些学姐会来找我一起拍照，她们打开很厚重的滤镜，总是叫我拿着手机，自己躲在后面，可以使脸显得小小的。

可是，我是那么开心啊，又是那么难过啊，一回到家，我想我终于有什么东西是可以发到朋友圈上的了，我躺在床上，一个又一个地数着谁点赞了，谁夸赞了，谁偷偷访问了我的空间。

我看着自己穿上一件件绚丽的演出服，勒紧了丝袜；我看着自己戴上厚重的假睫毛，一层层地打着粉底，想要把自己抹到最白。我想我成为了那个群体中的一员，纵使那个内心与躯壳充斥着孤独和疏离，我想我至少看起来成为了那个群体中的一员了吧。

我做尽了一个好学生能做的，也恨尽了一切可恨的，成为一个打肿脸充胖子并看起来敢作敢当、直率勇猛的人，一个在群体中倍感疏离与孤独的俗气的人。

每当令一想要寻求一个结果时，她就会到像现在这样一个空旷的地方，先听一听天空的答案，再问一问大地的答案吧。身边的同伴尚未经历的事情还很多，或许不能对每个问题都给一个合适的答案，但辽阔的大地、湛蓝的天空则可以，他们有着更深的资历，更宽广的胸怀。一哭、一笑、一喜、一怒，都在他们密切的注视之下；心中的迷茫也好，愁绪也罢，总逃不过他们锐利的双眼。他们有着深邃却透彻的眼睛，总是一针见血；他们时常变成一面明镜，澄澈而又清晰；他们是一条神秘的隧道，幽深而无止境。

这像是一场认真的游戏，人们把心中的小秘密偷偷投出，寄给天空，递给大地，等来的可能是沉默，也可能是沉甸甸的收获。那里曾经是令一最安心的庇护所，她觉得天空知道一切的答案，只要痴痴地望着墙角的花，心里的忧郁便消散了。她喜欢爬到教室旁粉嫩的墙上，在一块小小的平台上盘腿倚坐着，那里不允许她低头，她只能直直地看着透射在周围的浅浅的光，散落在墙角下，散射到衣服上，看它偷笑她的狭隘。她忽视周围那放肆而又刺眼的嘲笑，只是沉醉在眼前从未见过的景象中。

那抹蓝是那么明艳，涂满她整个心房。它纯粹地直击着心跳，炫耀着，跳跃着，倾斜的房顶挡住视线的一角、一线、一棱，构图是多么融洽和奇妙啊！心理学上说，人们很难藏住秘密，是因为表情是最容易暴露的。令一觉得自己此时的心情，恐怕早已完完全全被展示出来了吧。

突然间，当她坦诚地面对天空时，她发觉天空也已坦诚地面对了自己。

东野圭吾在《解忧杂货店》中说："其实所有纠结做选择的人心里早就有了答案，咨询只是想得到内心倾向的选择。所谓最终的命运，还是自己一步步走出来的。"

人们面对天空，面对大地，如直面自己的内心，所得到的答案，总会是自己所坚守的答案。

"听，那是天空的答案，那是来自我内心深处的答案。若我早知，站在一米五高的墙上，便能发现一个崭新的世界，我又何苦为自己短暂的迷失而忧愁呢？"令一笑着自言自语。

"故事还长，你别失望。"令一心底默默对天祈愿。

那天的语文课上，时老师突然讲起了他很喜欢的另一首诗，将令一的思绪从过往中一下拉了出来。那是元末明初诗人唐温如的《题龙阳县青草湖》：

醉后不知天在水……

满船清梦压星河……

她闭上双眼，一遍遍重复着这句诗。

手中的笔，眼里的泪，心中的颤动再也收不住了。

第八章

Nancy 的事情得不到解决，霏霏一直想不出什么方法来帮助她。正当她烦时，听见令一问她。

“怎么，你不大高兴？”

霏霏刚想回答，只见自信转过头来，她正耷拉着脸嫌弃地抹着防晒霜。看着她抹得东一块西一块的样子，令一不禁笑出声来：“你化妆品用得也太快了吧。”令一指了指她的桌子，自信立刻抱紧她的口红宝宝。

霏霏转过头去，继续想她的事情。

“那也没有你脸大费得面霜多。你们知道吗？中考结束的时候，我翻了翻微信的好友列表，也没有谁可以诉苦，于是那个快乐的暑假我就在家里不顾形象地瘫着，一个人关在房间里面对这一大桌子的瓶瓶罐罐，涂来涂去。你问我上学也不给涂指甲油，为什么我要一遍遍涂了又擦掉。可能就是你觉得无意义的事情，我就是很喜欢吧。你不觉得看帅哥美女就是有一种治愈力吗？看电视，吃西瓜，吹空调，刷手机，追韩剧……你都不知道一部韩剧可以带火多少东西，不仅仅是演员、剧情、主题曲，还有同款衣服、同款妆容等等，这些都可以买买买啊，但我的化妆技术是练出来的啊。"

令一看着她一个人又埋头开始涂着手指甲，拍了拍霏霏的肩膀，两人悄悄走到阳台。

"她这是又陷入感情危机了？"霏霏问。

"是，刚听到她在厕所哭，还是之前的那个原因。"

自信与男朋友来自同一个初中，后来自信没有考上特长生，于是便开始了异校恋。令一一直觉得自信并不理解真正的喜欢，她只是在内心很渴望一种叫"爱情"的情感，渴望被一个人真心呵护，渴望有一个人每天叫她起床，给她讲题，走在路上帮她拿行李，晚上睡觉前跟她温柔地说晚安……就像她是言情小说资深爱好者一样，她常在宿舍很有投入感地大声朗读里面的片段，读着读着在床上害羞地打滚儿，说："啊，我也想要尝尝爱情的苦"。

在自信初中的那个小团体里，几乎所有人都谈恋爱了，中午没有人陪她一起吃饭，也没有人陪她逛街追星了，这让她感到像被抛弃了一样。她看着朋友们发自内心地洋溢着甜蜜的样子，心里不知道有多羡慕。

一天傍晚，她们发现自信和一个男孩子在溜操场，距离隔得很远，自信隐隐约约觉得有人在冲她挥手，尽管她不知道对方是谁，她还是向对方回了一个挥手。

那天晚上，小团体的人在一起聚会，其中一位抢过她的手机，拨通了对方的电话，还没等对方反应过来，这头几人开始对着那头喊："你到底喜不喜欢自信？喜欢就说，不喜欢就不要吊着她，怎么一大男的天天磨磨唧唧的。"

自信曾经在宿舍夜聊，给令一和霏霏学这一段的时候，学得惟妙惟肖，学完了以后，她又害羞地趴在床上悄悄发短信，过了一会儿，她蜷成了一只小球，老人机微弱的灯光透出来，她像一只小小的萤火虫，滚来滚去。

就这样在逼迫中，他们突然地开始了。被表白追求的时候，自信想都没想就同意了，她特别高兴地一整晚都没怎么睡觉。像童话一般，自信把自己的感情不断美化，越来越觉得他们两个太相似了。最初的时候，她也许仍对第一个暗恋的男孩子心有余念，可是很快她便在这段新的感情里越陷越深，好像上一次的暗恋无果和这一次的轰轰烈烈交织在一起，像洪涝一样一起宣泄在眼前的人身上。她开始喜欢自己新的生活，她觉得自己渐渐忘记了上一段暗恋的难过，班里那些难听的绯闻渐渐少了，只是之前暗恋的男主角也实实在在地不理她了。

"他们这样挺消耗的，不觉得吗？"令一问霏霏，那天晚上工地依然在施工，夜晚里存着太多太多青春期微妙的情愫，仿佛在工地的大灯下，被照得荡然无存。女孩的心事隐藏在无数个想发出去、却不断删掉的短信中；藏在太多只敢跟舍友倾诉、却不敢直接表达的退缩里；藏在太多没办法控制的失态和气话里。

他们私下里感情进展得很快，会说甜蜜的话，只是在学校里要处处瞒着，没有一个人知道。下课的时候，他们会在楼道的消防梯相见，用自信本人的话说就是很热烈。可是在学校里装成陌生人的时候，两人擦肩而过，连看都不看她一眼。

她的情感开始像三角函数的图形一样，在患得患失地波动。

令一点点头："我们要进去安慰她吗？"

"说实话，我不太喜欢听她一遍又一遍讲她的感情经历，万物都可以影响到她的喜怒哀乐，这样过得未免也太辛苦了。还是走吧，我们进去安慰安慰她吧。"霏霏回答着。

她们一打开阳台门，自信便冲过来一下子抱紧令一："你也开始嫌弃我做作了，是吗？"令一把她安置在椅子上，她的手依然紧紧围着令一的腰不放，一个劲地把眼泪往令一身上擦，像个小孩子一样，小脑袋死死地贴着令一。

"自信呀，你要直接去与他沟通啊，跟我哭有什么用呢？你不觉得你们两个看起来，总有一方处在弱势吗？"

"是啊，喜欢的多的那个总会更累，因为想得到太多了。"自信抬起头来，她哭得眼睛酸酸涩涩的，很不舒服。

"那为什么就不能追求一段平等的感情呢？"

她平静了一会儿，松开了令一，从柜子里翻出来眼霜："这样的爱情，是可遇不可求的。我真的不要求什么平等，我就是希望他可以多在乎我一点儿。令一，我了解我自己，我跟你和霏霏隔着很远很远的距离，你们会越来越觉得我做作而讨厌我，我也怎么都不可能成为你们那样的人。我是一个很缺乏安全感的小女生，只希望可以一直粘着他不撒手。是因为我身材好，长得漂亮才喜欢我吗？那他要是遇到更好的呢？"

"我就是有强烈的占有欲，甚至会不分性别地很容易吃醋，他也是。我见到他给两个女孩子讲题，于是我就坐在一群男孩子的中心与他们谈笑风生，听他们说 NBA 最近一场篮球赛的事我有意不去问他，明明没有他讲得好的题我却死要面子去问别人。于是，我们俩开始了一轮又一轮的报复，他也去找……

"好像就这个暑假，就是因为我遇事很容易胡思乱想，我知道自己接受不了他在异校，我很想提分手。可是我为了他愿意去尝试异校，为什么他就不能改一改，不及时回我消息？我了解他，他就是那种很招蜂引蝶的人，那当我管不到他的时候，我就受不了了。"

霏霏打断了她："为什么一定要控制他才安心呢？为什么要因为他，变得这么容易生气呢？"霏霏想到自己的家庭……

"我不是不信任，我只是需要得到反馈，我再不想要只是我的一厢情愿。我知道错了……"她说着说着又开始哭起来，哭得涕泗横流，撕心裂肺地大叫着："因为我真的很缺爱啊。哎，我能怎么办嘛！我想知道他的手机密码，而且想让他主动告诉我，想跟他关联QQ，想让他一直给我买零食。想在每周五的校门口见到他来接我，手里带着我惦记了一周的奶茶，想在我痛经的时候有人给我揉揉肚子。我们明明在军训的时候还是很甜蜜腻歪的。我知道这样要求太苛刻了，可如果他在乎我，他就应该主动来找我。"稍停，她又开始诉苦：从很在乎她的愿意哄她，到感受不到喜欢，再到现在连哄都不愿意哄了；她在网上搜了很多迷信的测试，拿很多评分标准来评判自己的感情。嘴上说着不会去对比，心里看到别人幸福的样子又觉得苦涩。

霏霏真的听不下去了，女孩子主动的时候就掉价了，这究竟是哪个年代封建的想法啊！从开学到现在，几乎一模一样的话，她听了无数遍，却不知道该怎么点醒自信。其实，他们并没有所谓的感情基础，双方都想攥得很紧，但却什么都攥不到。

青春期的好朋友，很多只是看起来很合，说着一些无关痛痒的话，可是她们谁都很难真正帮自信跨过她的这道坎。她们也会越走越远吧？

"令一，我其实也很羡慕你有勇气，很主动。直白地袒露心声并不是一件那么简单的事情。"

没等令一回答，她又继续自言自语地说，她的很多付出，只被霏霏和令一看见了，她只是在感动自己。她把喜欢的人的照片摆在桌面上，豆浆洒了先去救照片，再去擦自己的衣服；虽然跟大家关系很好，但绝对特别认真地否认任何绯闻："我只有一个喜欢的人，你不要乱说。"她喜欢听别人夸自己男朋友帅，打球好，人好……哪怕闹分手之后，每次顺口提起他，嘴里说的都是"我男朋友"，然后改口"我前男朋友"，再改口为"我男朋友"……

令一觉得自己可以理解自信，她其实只是想要一种态度，可也就仅限于理解罢了。她这样的根源是来自于自我的卑微感吧，所以不断想法子打扮自己，渴望得到外界的认可，想要得到男朋友无条件爱她的反馈……她没办法面对一个真实的自己，就这样在喜欢中到把自己丢失了。

"我以为她至少会知难而退，可现在，喜欢到最后只剩下了蛮不讲理的控制欲。"令一悄悄跟霏霏说。

"那你都很清楚你们之间的问题了，为什么还要勉强呢？为什么一定要刻意地追求一段已经半只脚踏进坟墓的感情呢？"霏霏很着急地说，她很希望自信可以从这样消耗人的感情里走出来，哪怕继续做那个每天傻乎乎地抢小卖部冰激淋的小姑娘也好。

令一看着她的样子心疼极了，在她们几个还不熟的时候，自信会偷偷闷在被子里哭不想让人看到，咬着她的枕头不想被听到，她小心翼翼地不愿意打扰舍友学习的样子，让令一很是涩涩的。

"自信！你不能指望所有人都喜欢你！你能不能长大一点。"霏霏更加生气地说，她厌倦透了这样的小女生的游戏。

自信安静了一点，她又回到了洗手间，把门一锁，没过一会儿，里面又传来哇哇哇的哭声。

"自信你给我出来！我今天非得跟你讲明白这个道理。躲着有什么用？你听听你自己在说什么！什么叫：哦，我不想被要求，只可以是我管他，没有谁可以管住我。我就是一个很双标的人，又怎么样？你以为是很好玩的吗？你明明很讨厌你妈妈这样控制你爸，然后你现在又继续重蹈覆辙？"霏霏生气地砸门，她已经很久没有这样窝火地训人了。

生活没有改变，她们不谋而合，没有继续吵下去。黑夜压抑着的静默冲入房间里，水声刻意地盖过女孩撕心裂肺的哭声，理性重新回归霏霏，她拉着令一退回到寝室里，自信的梦里在依然唱着一首令人心碎的歌：

我好想你　在起风的夜里
我好想你　在人群的缝隙
你听见吗　这一句喜欢你
　　追得上你背影吗

围绕着深圳的地标性建筑，如平安金融大厦、深圳湾一号、华润集团的"春笋"大厦等，形成了许多大大小小的商业区。深圳的青少年，则过着跟成年人一样既紧张又惬意的生活。他们与上班族一样，挤着上下班拥挤、匆忙的地铁，在路过科技园时，观察红绿灯路口彼此交融的人流，蹭着到万象天地二楼的人工食堂，而深圳地铁仍在不断修建中，交通辐射网越来越大。他们会去欢乐谷或东部华侨城坐云霄飞车，逛购物公园的零品店或是饰品店，攒胶带和漂亮贴纸来做手账，霸占反斗乐园的跳舞机，吃着混合爆米花和酷暑的小吃看电影，玩车公庙或是东门的密室逃脱和剧本杀，在小型唱吧里拉上窗帘，几个人尽情地享受彼此走调的歌声。

她们生在一个芒果的时代，至少令一认为，什么饮品甜点都不应该少了芒果。而在这个饮品盛行之时，以酒会友演变为以奶茶会友，大的商场里常常开了奶茶工厂，而喝奶茶也演变为一种学问：加什么料，几分糖最好喝，谁家的菜单长得很可爱，谁家又搭配出了新品。这个时候，出门就最希望带着一个像自信那样的行走的"大众点评"，脑子里装着地铁图，可以流利说出每家店的位置，在商场里该怎么走，商品的价位和特色等等。

深圳轮流火了很多美食，如乐凯撒披萨，烤鱼，盒马生鲜的小龙虾，海底捞的服务，韩国汉拿山烤肉，一定要喝完汤底的番茄锅，整个商场里唯一能吃得起的是福客麻辣烫……而这些十七八岁 AA 制消费的朋友们，早就学会了各种各样省钱的办法，比如微信扫码省钱，美团外卖优惠，满 50 减 8 块，拼单。他们组团网购，拼单买单，守着 618 凌晨 12 点开抢……

"你看这件衣服是不是特适合我？"自信眼睛一亮，跑过去比划着一条长裙。

"哎，你看哟，这是法国队的球服。"自信跑到了对面卖运动装的店里："果然，还是要抱紧我的七号，小格子真是太帅啦！你说这个时代踢球的男人怎么都那么有魅力，球技强，人也帅，人品也那么好。不只是他，梅西啊，苏亚雷斯啊，都是娶了自己的青梅竹马呢，我真的是超级羡慕啊！"

令一知道自信喜欢买名牌，所以每次出去购物都是自信在不停地科普着这家店鞋子好看，那家店帽子最潮，远处的那家奶茶店新出的口味最好喝。不过奇怪的是今天自信一改平时潮酷的风格，走进了好几家少女风的店铺，里面都是以小清新的浅色调为主的连衣裙，自信左挑右挑，总算买下了所有她喜欢的衣服。

令一不喜欢选衣服，但她喜欢在商场里溜达，吹吹空调，看看四周的人都在做什么，留意一下星巴克最新的装修，心里想着自己以后也开一个小店铺。

在这个疯狂拍照的自恋 p 图时代，人们用极其雷同的娱乐方式，照着几乎一模一样的美白照片，而照片本身的含义是什么呢？它本应是一个个故事，是人最自然的状态，如今却被同质化，统一成一种审美。女孩子们把自己打扮成一种统一的标准，而那些专门提供道具和场景来拍大头照的店铺也很热火，人们排着长长的队拍绿色头发和柠檬头套的大头贴。

购物结束之后，她们一如既往来到奶茶店坐下来歇息，当自信拿出手机打算发说说时，刚好翻到空间里的一个表情包，上面写着：世界杯结束了，下一个 4 年，又有谁依然陪在你身边呢？

……

自信与令一的饮料刚刚做好，就看见安泽和他父母在阿迪达斯的店里试鞋。

"要不要去打个招呼？"令一拽了拽自信的袖子说道。

"不了，好尴尬呀，我一见到他就想起来他给我讲了八遍我都没听懂的题。"

聊着聊着，下午的时间很快过去了，这次难得的放松，让她们好好调整了一下一周以来有些郁闷的内心。

"不能跟你聊了，tree 同学约我晚上出去听音乐会"自信嘴角一弯，"我去换裙子啦，到家给我发消息哦！"还没等令一反应过来，就看见她蹦跳着离开了。

"什么玩意儿？"令一又一次震惊了，"原来她们刚才逛那些少女的裙子店是为了……"令一无奈地笑了笑，这是典型的自信式风格啊。

音乐厅离 shopping mall 不远，tree 同学让自信先取票，自己马上到。自信蹦蹦跳跳地拿号码取了票，坐在星巴克里点了蛋糕小口小口的吃着。

吃着吃着，tree 同学的电话就打来了。

"你在哪啊？我在星巴克等你啊，给你点了你喜欢的咖啡，再不来就凉了。"自信语速飞快，"等我们看完音乐会，好好谈谈吧。"

"自信，我家里临时有事去不了了，两张票你都拿到了吧，找别人陪你去看吧，抱歉。"自信无法从 tree 的语气听出他说的是不是真的。

"别啊，你刚刚不是说都要到了吗？"自信的语气软了下来，"你怎么总是这样说话不算话，你之前也说要谈谈的，一直拖到现在。"

"啊？什么时候说的？" tree 有些惊讶，"真的对不起，我还有事，先挂了啊。"

自信心里有些失落，"早该想到的不是吗？"她吃完了蛋糕，也喝光了给 tree 买的咖啡。

她的好友列表里有数百人，她却找不到一个愿意陪她听演唱会的人。学长呢？上次已经恶狠狠地把宋学长拒绝了，总不能再回头吧。

她突然想起来在商场里碰到的安泽，鬼使神差地让令一帮忙转达了票据信息。安泽与她，称得上是完完全全不同的人，或许恰巧是对方最讨厌的那一类。安泽肯定看不起她这么轻浮庸俗，她也看不起安泽这样无趣的理工男，她有点后悔，还不如叫宋坊呢。

安泽起初到班里的时候便一下子脱颖而出，他写得一手好字且学识渊博，各科老师迅速认识了他，争着想要他做课代表。看起来，他们都是有很多朋友的人，但安泽身上有自信所没有的一种疏离与冷淡，不像自信，安泽所有的朋友看起来都是主动围绕着他，他几乎不会主动去别人的座位。令一很可怜他，觉得一个人全部的时间都被同学挤占来讨论学习，他的生活除了学习就是学习，枯燥至极。他很少表达自己，大多数时候都是敬而远之地观望人群。倒是令一与安泽常常一起吃午饭，令一的鬼点子那么多，他们倒是正巧互补。

灯快熄灭时安泽才赶来，自信发现两人座位是挨着的，她在心里哀叹要是旁边坐着的是 tree 同学就好了。

自信很快就把注意力放在台上，她找好合适的角度拍好照，又让安泽帮忙拍了一张背影。在自信的强制与要求下，她的自拍也让安泽入了镜，打算气一气 tree 同学。

"是你自愿来的吗？令—没有逼你吧。"自信心虚地问。

"没，单纯来听音乐会。"对方回答道，自信实在是有点不知道说什么了。她快速地发了九宫格的动态，直到工作人员来提醒关手机时，她才恋恋不舍地把它放进包里。

自信看了看节目单，上面的作曲家似乎都挺熟悉，可曲子却都是没听过的。"是我的认知太狭隘了。"她心想道。

这是一场小提琴与钢琴的合奏演出，没有华丽的开场白，没有浓艳的妆术，没有复杂的节目单，只有朴素大方的两位音乐家娓娓道来他们的故事。音乐厅座无缺席。

当演奏者的手指落在黑白键上时，她闭上了眼睛，准备睡觉。她对古典音乐没那么有兴趣，向来一听音乐会就爱睡觉，不过若是摇滚和电音的 party，或是韩团唱跳的演出，她就不会这么乏困了。

耳畔旁，那串旋律依旧平淡如水，没什么大小高低的起伏。也许是在阐述着水的三态，也许是在描绘一段瑜伽，也许只是记录夕阳下荒芜潦草的景致……

忽然小提琴的声音加入，多了那么一抹色彩，带来了生机与绚丽，悠扬而不夸张的旋律并没有掩盖钢琴的音色，反而相辅相成，余音绕梁。自信等了好久，本以为曲子会突然间有情绪上的转变，却没想到它戛然而止了。

很匆匆，有些诙谐，却又意犹未尽。

她才睁开眼睛，开始认真地打量着舞台，身旁的安泽倒是闭着眼睛。看来学霸听音乐会也睡觉啊。

整场演奏会如同生命的轮回起起落落，被那一双刚劲有力的手指完美诠释着，对于钢琴专业的人来说，技术是极其简单的，意义与情感却是复杂而深刻的。这场音乐会很别致，不同于任何一场炫技。小提琴的欢快与钢琴的深沉紧密地贴合在一起，两者忽而交替、忽而共鸣，欢乐、悲伤、喜悦、愤怒、焦虑与茫然，就那样毫不掩饰地赤裸裸地呈现在眼前，无意间撩动着氛围，创造着想象的空间……

她第一次听到那样灵动的音乐，有着《繁星春水》中的点点细腻，也有桃李杯舞蹈里的行云流水与不拘小节，还有书法中"飘若浮云，矫若惊龙"的美感。这动人的乐章，如春夏秋冬，滴滴答答，贯穿着生命的整个过程。

生如夏花般绚烂，死如秋叶般静美。

"行到水穷处，坐看云起时。"这定是对这场音乐会最好的诠释。

……

自信心中有些释然了，一股暖流涌过。一直以来被世界所欺骗、所背叛、所抛弃的感受，一直以来对未来的恐惧以至于对自己的怀疑，好像都散去一些了。

"你知道那种感觉吗，就算世界再冷，你还是能感到温暖的。"自信转身向安泽问道。

她看到安泽睁开眼睛，疑惑抗拒地看着她，连忙解释道："真抱歉，最近发生了很多事，我比较情绪化，就是想找个不熟悉的人倾诉一下，这样就没那么多负担了。"

安泽十分不理解这种行为，万一遇到心怀鬼胎的人呢？"你确定跟我讲？你不怕我说出去？"安泽向她确认。

"你说就说吧，反正我被别人批评的次数也不少了，我就是憋不住了，有太多想要说的了。"

"嗯，你开心就好。"安泽没忍心拒绝，他就当一次垃圾桶好了。不过他认真想了想，这好像是他第一次听一个不熟的人倾诉，之前还是听令一跟他吐槽过自己的舍友在宿舍里是个既幼稚又敏感的女孩子，在外边又是话特别多，大大咧咧，很躁动不安的社会姐，试图当小团体的头。"令一口中躁动的人就是自信吧。"安泽心想，不禁感慨世界真神奇，他竟然会跟一个不熟的人坐在一起听两个小时音乐会。

自信愣了一下："我每次找 tree 吐槽的时候，他也会说你开心就好。呵，你可能不知道，tree 同学是我喜欢的人，只是他现在的态度让人憋屈的慌，这次听音乐会本来也是他约我看的，后来你也知道他放了我鸽子。我不知道他的未来计划中有没有我，不知道他还喜不喜欢我，不知道什么时候我们才能成熟起来，也不知道能不能自己一个人过。看你的样子，也一定是孤独惯了吧。"

"嗯，还好。令一和我说过你有很多朋友的，你怎么会孤独呢？"安泽问道。

"那是种虚荣，真正交的朋友没有几个。我有一种莫名的畏惧感，说不出来，只是在最早最早的时候，跟 tree 同学还是好闺蜜的时候，才没有这种感觉。我之所以要等他，我们或许可以回到从前。她们都说我幼稚、是幻想，安泽，那你怎么想呢？你尝试过等待的感觉吗？"

安泽本是很反感自信一直不停地叨叨，也很不喜欢这样谈心，但最后的问题使他有些慌了神。他在等什么呢？他知道自己坏透了，他甚至没办法接受这样的自己，觉得与从前相比，他变得不纯粹，变得浑浊了，配不上所谓的拼尽全力。可是内心里，他又在期待一个怎样的自己呢？期待到什么时候他才会真正开始接纳自己？等待一个怎样从心底里可以理解他、接受他好与坏的人呢？等待一种世界上怎样的雀跃呢？等待自己，什么时候可以逃出现在精神上的囚笼？

"我不应该跟你讲这些话题的。"自信看到安泽失神马上反应过来。

"我的等待没那么苦涩，可能在痛苦的同时，更多的是一种期望吧，我心里有一种坚定的信念。"安泽没有回避，笑着答道。他自带一身儒雅之气，眼睛望向远处时更有古人谈及鸿鹄志向时的风韵。自信第一次看到安泽笑着说话，心情也不自觉地好了起来。

"你觉得我像人渣吗？或者是要用更难听的词形容的那种人？"自信突然想到，她好奇地问道，想听这个陌生人的回答。

"没有深刻了解，就不知道怎么评判。"安泽客观分析。

自信自然是不满意这个回答："就凭第一印象吧？"她追问道。

"你想听真话？"安泽问她，自信点点头。

"第一印象的话，觉得你太浮躁了，听音乐会差点睡着，嗓门又大，话太多了，然后把自己放在一个很狼狈的情形内，还一点防范意识都没有就跟一个不熟悉的人说心底话。"安泽一连串地列举出来，"不过不至于被骂成是个人渣吧。"

"我也是这么觉得，谁知道那些天天在墙上诋毁我的人心里有多黑暗。"

音乐会结束之后，两人聊得还不错，安泽比自信想象中的好接触，大大方方的；自信也比安泽想象中的少了那么些装腔作势或是故意套近乎，于是他也就没有必要那么处处防范和遮遮掩掩了。

他们走出音乐厅，就此分开。

音乐会上的旋律回荡在她的耳边。

自信掏出手机，坐在音乐厅外的石阶。她一个接着一个地删着自己曾经的朋友圈、动态、聊天记录……删到实在是删不完的时候，她索性把所有软件都卸载了。她不想再一个人趴在床上为那些男生哭了，不想一个人愤懑地与各个学校墙上联合起来辱骂她的人对干起来，她与那些连名字都不敢露出来的人较什么劲呢？"不会在期待中慢慢期待别人了。我是真的不想喜欢人了，谁都不想喜欢了。"她告诉自己。她疲惫又释然地向与她纠缠不清的 Mr.Tree 说出了分手，她甚至哪里都不想去了，不想跟任何人说话，只想回家好好睡一觉。

令一曾经跟她说："我看到过一段话，说过度美好的爱情是一种幻象，对美好爱情的过度渴求则是一种匮乏。而我们喜欢的只是某个幻象，一个能够强烈弥补我们某方面匮乏的幻象。"

她匮乏什么呢？一个在情场身经百战的人，也许从未明白真正想要的是什么。从最初的一场暗淡无光、卑微懦弱的暗恋，到一段轰轰烈烈、闹得全市皆知的荒唐闹剧，她想她不知道这开始变化的界限在哪，也许是从那次在舞台上摔得丑陋的一跤开始吧？

回到学校后，她们宿舍终于成为了一个最爱学习的宿舍。她变了很多，偶尔会看看别人的八卦生活，不大上网，无聊地上上课，嘴里嘟囔着："我可以每天晚上在图书馆待到 9 点，还不快乐吗？"当然，她也顺从了她的家庭，成为一个可爱的孩子。她生活的节点不再是用每一个出现过的也曾在乎的男孩子来划分区段，她对自己的生活也不再有什么深刻的印象了，当她再一次画生涯鱼骨图的时候，她想她的人生谈不上有什么重要节点。于是，她交了一张干巴巴的、被啃光了的鱼骨头上去。

于是这样，所有人都很喜欢她了，一个不卑不亢的她。

于是这样，自信不再成为自信。

尾声

霏霏说："有的人一看见黑暗就大声地说要打倒黑暗，然而他渐渐地不吭声了。有的人知道黑暗的恐怖之处，他曾经犹豫过、动摇过，但当他一头扎进黑暗，却再也没有出来。"

在过去半年的时间内，霏霏和她的整个团队采访了大量受害者、司法机构有关人员和公益组织负责人，形成了最后的调研报告。他们将万字的家暴调研报告交给媒体，而媒体用深圳 8 位中学生的口吻，还原了这场沉默的真相，引发社会关注。

霏霏在接受采访时说："家庭暴力是一种犯罪，并非'家丑'，目前我们很缺乏足够的社会披露和司法防控，而现有的社会容忍度却鼓励了施暴者更加肆无忌惮地实施暴力。太多太多女孩像 Nancy 一样，受到凌辱而不敢曝光，不知道该如何保护自己。她们首先要认识到自己需要反抗，她们要通过法律舆论等手段来维护自身的正当权益，而我们也应该呼吁政府部门、相关机构和社会各界应采取系统性措施来帮助受害者。"

在这之后，霏霏突然意识到，其实自己可做的并非仅限于此。"或许我们也可以利用我们青少年的声音和青少年的力量，真正地为这个社会带来一些积极的、正向的变化。"

时老师在听完她的故事后，曾经很坚定地对她说："你回国的选择是对的，一旦戴上那种虚假的面具，久而久之摘不掉时，才是失去了那个你真正想要的自己。"

她想，好像现在她可以称得上无愧于心了。

小时候，她只能躲在被窝里悄悄读那一句句从言情小说、电视剧或电影里摘抄下来的话，一遍遍感受它。她害怕被别人嘲笑，怕她心心念念的那些浪漫的情节在别人看来都是不可理喻。因为在大家的判断中，书也是有优劣之分的，写得深刻的书籍比言情小说更有价值。于是，在父母、老师与同学面前，她用心读了《战争与和平》《悲惨世界》《基督山伯爵》……她读了几乎每一部他们所说的使人深刻的书。可是，在每一个只有她自己的夜晚，她又会拿出那些别人看做是垃圾的书。当她为书中的情节感动而泣时，她不敢发出任何声音；当她多么想与他人分享她的灵感时，她没有任何人可以交谈。

"为什么呢？为什么要躲藏，而不敢表达？为什么我的个人偏好需要被权衡，需要在比较中被划分等次？"霏霏想着，"当我从书中人物中获得共鸣，当我从那些被称为垃圾的书中学会了自私的爱与无私的自由，当我懂得如何根据自己的价值观来判断它的价值，我才真正可以享受他们，我可以负责地说，我的爱好并不比别人低级。"

表达，她在乎的是一种表达。

所有所有的声音，都应该被听见。哪怕它是带着青少年标签的一种噱头，也可以带来思考。

最后一次采访 Nancy 的时候，Nancy 抓着霏霏的手。Nancy 从没想过自己会站在沉默与发声的交界口而徘徊，所有人都告诉她应该沉默，应该不动声色地逃走，然后若无其事地继续生活。她也曾经相信她们，认为这也是她的错，一切的暴力都是一种命中注定的惩罚。就这样，她失去了自己的声音。

霏霏告诉她："一位作家曾说，是因为兔子的大规模沉默，才让人们以为森林是安全的。其实，她没有错。"

Nancy满脸泪痕地弓着身子祈求她，说着："我只愿所有的女孩不受伤害，只愿以自己的泪水为更多的女孩洗涤出一条通往光明的路。"

双手紧握，她一遍遍地诉说："你是唯一。"

你是唯一。

2020年4月，霏霏在社交平台上看到了众多为疫情筹款的公益项目。她想，她也可以做点什么。

"你说艺术是有档次的吗？"霏霏问令一。

"也是有的啊，对于那些传递着消极的画，或是无名氏的画，总会被忽视，甚至在一些人眼中是无用的。"令一回答。

霏霏点点头："所以啊，我想，我应该有自己的画展，去展示无论是七岁的女孩，还是七十七岁的奶奶视角下的疫情。我想我应该给他们提供这样的机会，去表达超越年龄鸿沟的感受与思考。我想让人们在看见画时，感受在孩子们视角里的疫情是怎么样的，那种强烈，简单地冲撞而来的感触，也许会带来更深的那种思考。当我们相信表达的能量，并拥有相信自己的勇气，我们会向全世界宣告——我爱我所爱。我画我所感。我揭露与我相信的正义而悖的，我为我相信的不可剥夺的权利与爱而战斗。"

令一的日记

世界上有各种各样的方式使我们被迫成长。

我们生在大城市中，有高耸的楼房，阔绰的商场，偌大的城市公园，与挤破头也进不去的名校；我们长在改革开放之后经济繁荣发展的深圳，错过了中国最贫穷、最悲哀的时代，也没经历过好几口人挤一个小房间的日子；我们在全年都是盛夏的深圳，避开了内陆冬季的严寒与干燥，炎热火辣是它的个性，与海为伴亦为它的良药。

　　紧赶慢赶着，21世纪已走过了五分之一，无人察觉。港珠澳大桥通车，中国的桥梁建筑从历史课本上那自豪的武汉长江大桥，搭到越来越遥远的边界，或许那边会是彩虹桥的起点，五彩斑斓。

　　专场演出的那天，我站在舞台上，灯光飞逝于裙摆之间，亦星星点点地显现于跳跃的脚步间，复杂而无规律的队形变化，合合分分，仿佛包容着浩瀚无边的花海；飞扬却带着丝丝煽情的音乐与台上的女孩们完美融合。旋转中，裙摆与蓝天融为一体，与随之舒展的手臂、尽情延伸的眼神一同潇洒，那是一种上瘾了的痴情，一种不可言喻的陶醉。我知道，我们不如倾国倾城的牡丹那般璀璨，我们的每个人都带着不完美的瑕疵，可是我们拥有着内心丰盈的高傲与自在，拥有青春数不胜数的骄傲与才华。

　　一曲终了，人也散了。

　　我陶醉地站在聚光灯下，台下的观众变得模糊不清。在那一刻，我不由会意地笑了起来，我想他们看不见我又怎么样呢？我自己知道，我终于不再是那个当陪衬的绿叶了，我也站在了聚灯下，享受着那样细腻而又自由舒展着的感觉。我也无需再追求成为与群体中的其他人一模一样的花，我只要做我自己，做那抹眼中最鲜红的色彩。

　　只为一束光，只为做自己的主角。那一刻，我们便成了诗意的世界。

走下台，我知道自己依旧会用力地生活，就像在那些聚光灯下竭尽全力地为自己而舞一样。那一刻，我想我放下了曾经那个不敢上台、躲在角落里羡慕别人的自己，我挣脱开了一直以来的麻木，我重新拿起了自己的笔，或许称不上完完全全地放下那些曾经纠缠着我的过去，或许依然没办法直视那些无法表达出的而一直存在的伤疤。但我知道他们不再困住我，而我也许可以是像霏霏说的，以我的方式将他们表达。

曾经，多少次当我以为自己一无所有的时候，恍然间发现，我拥有的是整个阳光花季。

夜已静了，看不见对岸玩具般的小火车缓缓地开过了。门前的石阶上没有过路的人，近处远处亮起点点星火，不同的暖色调交杂在黑夜里，像是玩具电影里面的那些小玩偶们各回各家亮起的灯。镜头慢慢拉远，早已看不见屋内忙碌的人们，背景处只有钥匙插不进锁孔的细碎声和蝉鸣声。

并非是黑色天空里那满天繁星触动了什么，就像霏霏曾经跟我说过的，没有哪次人生的变化是由一个突如其来的瞬间所决定的。

那天晚上，我一直回想着自己所走的路。霏霏，自信，我，以及无数的像我们一样迷失着又寻找着的青年，他们也许在黑夜中做作地惆怅着自己的孤独与迷茫，可第二天醒来，他们又重新怀着满腔热血，跌跌撞撞，用力地生活，用力地向世界炫耀自己渐渐丰满的羽翼。

刚刚迈进青春期的迷惘时，我感觉自己一直走在一条漆黑的路上，我吹掉周围的灯，离开一切试图把我拽上车厢的人。夜里，我就这样坐在那条乡间小路上，触摸与我一样空虚的空气，看着掉在井里孤芳自赏的青蛙，孤独地蜷缩在那样的黑暗中。

后来，我已全然不记得自己是如何离开那样的境地，或者说，我在离开时始终没见到那条代表我成长的界限，它不带有任何节点，只是模糊地融入进那些我抓不住的做作与荒芜里，就像火箭升入太空时脱节的那一刹那，在一片内心芜杂的闹声里，那个双手双脚都被纠缠着的小女孩悄悄睡着了，我把她落在了那里，继续前行。

愿生命当中的每一处成长都能被看见，无论它鲜红或者淡绿。

令一

2021 年 1 月 2 日

——完——

从此我的梦便轻盈了
——《鲜红与淡绿》创作笔谈

周洁 整理

一、《鲜红与淡绿》诞生记

周洁： 青春文学一直是深圳文学组成中生机最为盎然的板块之一，以郁秀的《花季·雨季》为代表，数年来诞生了许多享誉全国的优秀作品，可以想见《鲜红与淡绿》也将成为其中的一员。很高兴这次有机会和《鲜红与淡绿》的作者孔子易同学，及作者母亲深圳大学副教授王素霞老师就这部作品进行探讨。我们直接进入正题，我知道这部小说并不是孔子易同学的第一次创作实践，首先想请二位来谈谈这部长篇小说是如何诞生的。

孔子易： 如果要讲它是如何诞生的，或许应该从小时候的写作经历开始讲起。我从六岁开始写一些小日记、儿童诗和童话，母亲和老师也通过这样的方式来引导我认字。小学毕业时，我完成了第一部小长篇《毕业游戏》。初中三年间，我开始不断地参加作文比赛，同时，把写作作为我宣泄生活的方式，这些宣泄在初三中考结束的那个暑假汇聚成了《鲜红与淡绿》的最初稿，（在现在的这一版中已经所剩无几）。在我十五岁之前的人生中，写作一直被我当作在任何境况下都可以独处一室的朋友。但长此以往，繁复的比赛和作品使我变得空荡，那时我常常听见心中因无知和空洞而引起的恐惧的叫声。

周洁： 那么你是怎么把当初不成熟的初稿修改成现在这一版的样子呢？

孔子易： 其实初稿完成之后，中间间隔了很久，我才拥有重新审视它的能力。中考结束后的第一年，我出国当了一年的交换生。在学业压力并不大的国外，我拥有了更多自我的空间，于是，我开始思考一些从前压抑着的问题。几经权衡过后，在十六岁的夏季，我选择回到红岭中学，重读我的高一。

2015 与 2016，在这整整两年的时间里，我没有拿起我的笔，没有再写旧的故事或是新的想象。我花了一些时间来修整自己，修整一些边边角角。其实，在真正开始作《鲜红与淡绿》的第二稿之前，我是无法从不断行进着的生活中跳出，也无法以旁观者的姿态审视自己与这个世界。我只是平淡无奇地过着校园生活，日复一日的学习，却无法去描述平日里的种种思考究竟是什么，只能任由那些仅存在于当下的思绪流失。而同时，我也丧失了与它们再次相遇且驻留它们的能力。所以从下定决心要捕捉并记录它们开始，我重写了这本《鲜红与淡绿》。

王素霞： 在我的印象中，孔子易是在初中二年级的那个暑假，第一次向我讲起了这部《鲜红与淡绿》小说的构思。当时我们在深圳大学的游泳池里游泳，休息时她简略地跟我说她对于人物形象的设计，或者用你们年轻人的话来说叫人设，那也是我第一次听说这个流行词语。那个时候她正经历着青春期的叛逆：初中阅读与学习的转型、中考的压力、心思的敏感还有班主任曹岩老师带来的精神震撼，这一切都令她久久不能释怀。同学们在日常生活当中的细节，自然亦都成为她试图创作的素材。后来由于学业变化，国内外高中求学经历的差异带给她许多新思考，成长轨迹历尽波折，她几度想放弃写作，最终在深圳市学生文联秘书长谢晨老师和中国大百科全书出版社叶子老师的鼓励下，在红岭高中杨远容老师，刘素娴老师和时培富老师的指点下，她重新开始修改初稿，几经努力，直至完成眼前这部《鲜红与淡绿》呈现给读者。

孔子易：是的，还有引导我走上文学创作之路的启蒙老师周美英老师与宋鹏君老师。具体来说，在这本书的创作中，老师们的指导是格外珍贵的。比如谢晨老师在假期时给我提供很多新奇的素材，他永远充满激情地投身于挖掘青少年的写作潜能，举办各种各样的活动；高一的时候，杨远容老师会陪我在校园里闲逛，我们随意地走进一间空荡的教室，她会坐下来认真地听我讲，认真地告诉我："你可以现在不喜欢它。但是当你到了像我这样四十岁的时候，再重新看它，是不是又具有了新的价值呢？"；再到高二的时候，刘素娴老师常常邀请我参加文学社的活动，也允许我在自习的时间到文学院完成修改。当我的第二稿完成后，她在厚厚的打印稿上圈圈画画，整整一本处处都有，并在大的方向上点明我在第三稿、第四稿中应该作什么调整；而时培富老师则常常给我一些人生的建议，教我如何在学业与写作中找到平衡……

在这里，我真心地感谢所有启发我的老师们。特别感谢我的妈妈王素霞老师，她永远是我的第一读者，是世界上最好的妈妈。

二、"我手写我心"

周洁：我注意到你的小说有很多有趣的地方，比如说，你在小说中使用了许多具时代性、网络性特征的语言，例如：将做作业时的奋笔疾书形容为"秒杀作业"，；将来回逛操场的动作形容为"反复横跳"，；将默默无闻形容为"小透明"等等。这些词汇的搭配或使用都并不那么正式，但却正是当下年轻群体中时兴的表达方式，以这些带有无厘头风格的幽默来表达深圳学生群体的生活现状无疑是十分准确的。

同时，你的小说里又有许多极具个人化特征的书写，比起小说，有些时候更像是一部写给自己看、与自己对话的纪录片。小说从篇章结构到人物的言语、行为，都充满强烈的自我意识与个人化表达。将叙事的重点由当下的事件转变为对某种情绪、体验的描绘；情节只是辅以叙事的次要线索，因而从情节上看故事虽然没有展开，但对故事的叙述已随着心理变动几次推进。可以看出小说的重心不在于完整流畅地讲述一个故事，而是通过人物思绪对处在高中这一特殊时期的青少年的精神状态与生存体验进行细腻的描述。为什么想要这样写呢？

孔子易：其实这一点是我最想通过这本书表达的、超过故事本身的，仅在这个阶段、仅由我们自己才能感知到的"我手写我心"。

在我的修改稿写了将近三分之一时，妈妈的质疑使我思考——难道我要塑造的人物只是可以用几个定语就能概括出来的平面人吗？难道我要写的故事就普通到可以在任何青春校园题材的小说或电视剧中找到替代品吗？难道对于我与身边的人来说，我们的生活仅仅是一件件事情堆砌而成吗？我们作为一个完整的个体，仅仅只能被那些庸俗到不能再泛滥下去的视角描述吗？即将十八岁的我能写一些什么呢？

一位朋友曾经跟我说，他可以从树上飘落的轨迹去描述一片叶子，上面满满当当的全是公式，他可以用无数的式子和原理解释这个客观世界为什么是这样，但他没有办法去描述他自己。我听到了以后特别触动，我想我能做什么呢？我也许永远无法解释为什么云朵是那个形状，为什么今天的台风偏在东莞着陆，但我可以不断触摸我自己，我可以用我的方式去诠释我的世界。

不仅如此，"表达"本身也是小说的一个主题。成长的忘性总是很大，我们只会记得自己成长了什么，却不再理会那段如今看来幼稚而不值一提的痛苦，忘记了当时的我们是怎样陷入其中并质问自己"为什么我现在成为了一个这样的人？"，忘记了那些困扰无论曾经还是现在其实都是我们的一部分。对我而言，表达是为了记录，表达需要勇气，表达也具有力量。所有的表达都应该被听见，哪怕它是带着青少年标签的一种噱头，也可以带来思考。斯蒂芬·茨威格在《人类群星闪耀时》中说道："一个人最大的幸福莫过于在人生的中途、富有创造力的壮年，发现自己此生的使命。"成长是一个寻找自我的过程，所有的颜色，都应该被看见。

周洁：是的。但是对于读者来说，这样稍显片段化的写作方式有时也会使情节缺少必要的连贯性，对小说的构造而言，则显得有些随意、零散。我想在下一个故事中，你可以重视一下这个方面的衔接。

孔子易：谢谢你的建议！我非常赞同，这会是我下一个阶段改进的重要方向。

周洁：可以看出你在小说里寄意了许多自己的感触与思考。你刚刚提到了小说的人物，我觉得这部小说的一大特质就在人物精神刻画的丰富性上。她们既是一个群体，又张扬着鲜明的个性。每个人物都是多面的个体，冷淡、迷惘、自卑与热心、坚定、骄傲等等看似矛盾的情绪却统一在各个人物身上，像这样细腻地表达少年成长心境的青春小说在深圳并不多见。你在创作时是如何把握对这些人物的塑造？是否可以简单地介绍一下他们？

孔子易： 我在刻画人物的过往经历时，没有为他们设立惊世骇俗、大起大落的人生，你可以用外界看来最简单的词语去描述他们的个性，可以用最直观的分数来衡量他们的能力，可以用最朴实的道路去绘制他们走过的痕迹，可以不断地简化，直到使他们在偌大的人群中别无两样。但是如果我们感受得足够细致的话，会发现霏霏、自信、令一、安泽这样的人，也会看见一些像霏霏、令一、自信、安泽这样的自己。

我想，我们会经历，霏霏在旅行中一次次的寻找。在寻找中思考困扰着自己的杂念——拼尽全力去应试，是否只是为了摆脱现在这样拼尽全力追求功利的自己？当我们无法被理解、无法寻求到群体中的共鸣时，是否可以活得像电影镜头里那般，孤独、顽强又自由？当我们回到茶米油盐、朴实无华的现实时，是否可以打破这样被禁锢着的琐碎的平凡？去征服世界，还是去寻找真心？我们在寻找中不断地从现实中抽离又再回归。

我们会经历，自信正在经历的酸涩。跳舞对于自信而言是生命延续一般的意义，身为颇具天赋的少年舞者，她的生活是简单而热烈的。然而想要把控美好的人总会失望，当她感觉自己不再会跳舞时，当她深陷于一段撕心裂肺的暗恋时，究竟在偏执一些什么呢？当自信走出那些人们说的"不算什么的困境"时，她做出一些让所有人都开始喜欢她的取舍。迈开了成长的脚印时，代价也许只是，自信不再成为自信。

我们也会经历，令一的敏感。幸运的是，她遇到了讲诗词的时老师，遇到了喜欢自然科学又特立独行的安泽。对令一来说，他们都冲击着她一直以来在保护层中的麻木，冲击着她因心中不再波澜而写不出东西来的麻木状态。她开始正视自己的过往，关于童真的稚嫩、关于自卑、关于愤怒的宣泄……对于魏晋文人来说，世俗的纷扰让他们疲惫了，于是他们向外找到了山水，向内找到了自我。而对令一来说，自我的寻找才刚刚开始，而手中的笔，心中的颤动再也收不住了。

托马斯·内格尔在《What does it all mean》中是这样解释"唯我论"（solipsism）的："当我走近一片墙，我觉得它因我而起，当我走出这座城市，我听到一声巨响，我觉得它因我而崩塌。我走过一片风景，我想这片风是因我而起，山川是为我而存在的。于是每一个走近的人，都是因我而来。"在我们每个人的世界里都有着不同的规则和感受，所以我们只会经历着自己的世界，这让我觉得格外有魅力。因此，对我来说，我将自己写在故事的世界中，而那些人物也成为了我。不过，当我的周遭是完全的假象时，又有什么关系呢？他们存在，是因为我要经过这一切。而我走了，他们就散了。

三、从此我的梦便轻盈了

周洁： 从主题上来说，孤独与向上这一冷一暖的两种特质共同构成了这部作品的主题。小说里的人物虽然性格各异但却都背负着孤独的特质。但同时，这部小说又并不颓废、疼痛，人物虽然心有迷惘但未迷失自我，虽然反叛但不目空一切，他们摆出一副不屈服的倔强姿态的同时，仍抱持崇高信仰，仍对未来有所期待。孤独虽然是作品的底色，但文本中却始终同样透出一股能够拨开阴霾的阳光色彩。

王素霞： 就如你所说的，一个女孩儿究竟要走多长的路才能找到自己的精神独立方向，是这部小说对青春生命成长历程的探寻与追问。

书中刻画了青春期孩子们成长过程中所历经的疼痛和迷惘以及对自由的向往和追求，简言之，是伤痛与希望。小说让我们看到了她们不断地调整与探寻的过程，这是对自我和外在的探索与平衡。小说写青春诉成长，必然离不开学校教育。在应试教育的大环境下，无论老师或学生，都在奋力着，因此才有了"鲜红与淡绿"生命色彩相得益彰的融合。应该说，她们所面对的问题与困惑，没有现成的答案，这只是她们生命存在的一种姿态。

在这里我还想对孔子易说几句话。这部书表面上描写的是高中时代的生活，实则内含了孔子易过去 18 年在深圳的生命历程。18 年看似平淡，却细水长流，娓娓动听。所有细节信手拈来皆为有趣，有着属于这个年龄和阅历的趣味。这部书出版发行看似是一种结束，实则蕴含无数个开始，在读者那里，在你心里，都潜藏着无限可能。我把手上和心里系着你的那根线放掉，让它在天空中自由飞翔，也特别希望你也能够放开、放松、放下这本书，为了更好的明天，因为它和你此时的陪伴是为了彼时的放飞，书一旦脱离开你的手，便有了它自由的灵魂，与众多阅读者相合。让它飞吧，这样你就总能聆听到向内生长的声音，仿佛风吹过的原野，蓬勃昂扬。而你的心境，亦好似滑雪时的静候，期待生命体验的欣喜、天真、好奇与诚挚烂漫。时时刻刻听从内心的召唤，对自己说"是，我可以！"

孔子易：谢谢妈妈的寄语！我也是这样想的，《鲜红与淡绿》是一本没有结局的书，因为贫瘠的我还要继续走在路上。写作的过程只是我在目前的人生节点下，短暂地跳出经历者这一身份的一个阶段，总归还要回到那平平无奇的生活里。

泰戈尔在《飞鸟集·烧毁记忆》里有一句绝妙的诗："有一个夜晚我烧毁了所有的记忆，从此我的梦就透明了；有一个早晨我扔掉了所有的昨天，从此我的脚步就轻盈了。"

对我来说，《鲜红与淡绿》便像是这样的一个梦，它听起来没有意义，也没有结局，可它代表着生命鲜活的痕迹，一种冲突着却又自然而本真的状态。落笔的那一刹那，我的梦便轻盈了。

周洁：青春是每个人都要经历的彷徨、焦躁、不安分的时光，它是一地尖锐的锋芒，是一场盛大的演绎。在这本书里，我们看到了年轻一代对生活的热情与希望，也见识到了作者在写作上的灵性与生命力——虽然年轻的笔锋难免青涩，但也无需急于迈向成熟老练，且让自己自由生长，少年赤忱敏感的心灵与勤恳独到的笔正是各个时代的文学发展中所必需的。相信读者朋友们也一定能从这部作品中窥见自己的青春色彩，收获独属于自己的触动。

2021 年 6 月 20 日

（周洁，深圳大学人文学院研究生，从事深圳女性文学研究，包括深圳青春校园小说研究。）

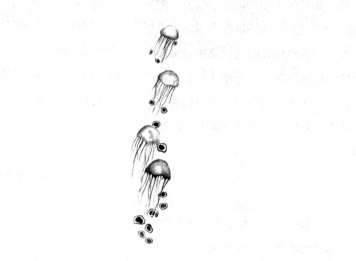